恐怖《キョウフ》の帰り道《カエリミチ》

あやしい赤信号《あかしんごう》

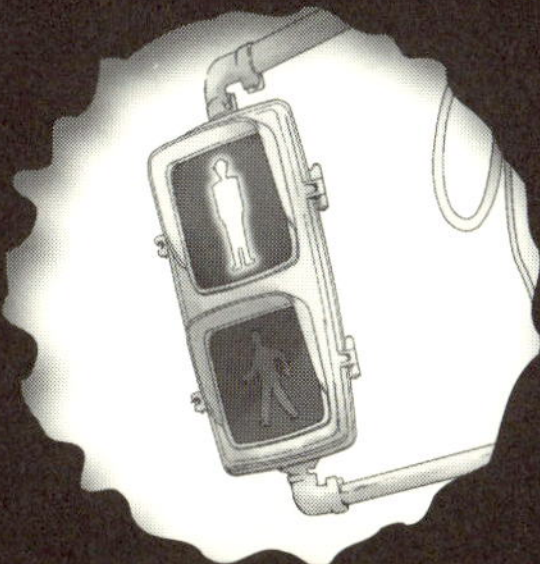

針とら 著

鈴羅木かりん 絵

Gakken

もくじ contents

登場人物紹介《とうじょうじんぶつしょうかい》 …………………… 4

プロローグ　なぞの少年《しょうねん》 …………………… 7

第《だい》一話《わ》

あやしい赤信号《あかしんごう》 … 11

いつもとちがう…… ―― 12

おかしなヤツ ―― 19

ただいま逃走中《とうそうちゅう》!? ―― 34

危険《きけん》なワナ ―― 49

イチかバチか!! ―― 65

変《か》わらない景色《けしき》 ―― 80

カエリミチ図鑑《ずかん》 ―― 84

第《だい》二話《わ》

あの世《よ》行《い》き列車《れっしゃ》 … 85

ぜんぜん止《と》まらない…… — 86

にぎやかな車内《しゃない》 — 105

なんでわたしだけ? — 115

鉄道《てつどう》LOVE《ラブ》!! — 134

家《いえ》に帰《かえ》ったら…… — 156

カエリミチ図鑑《ずかん》 — 160

第《だい》三話《わ》

あざ笑《わら》うカゲ … 161

ライオンとウサギ — 162

日《ひ》かげと日《ひ》なた — 172

行《い》けるとこまで…… — 180

ぼくはどこへ!? — 195

カエリミチ図鑑《ずかん》 — 210

エピローグ　つぎの日《ひ》の朝《あさ》 …………………… 211

あとがき …………………… 215

凜花《りんか》

魔列車《まれっしゃ》に乗《の》っていた、なぞの美少女《びしょうじょ》。意外《いがい》と気《き》が強《つよ》くて、だれにでもはっきりものをいう。

登場人物紹介《とうじょうじんぶつしょうかい》

Character introduction

コガラシ

なぞの少年《しょうねん》

態度《たいど》はでかいが、いざというときにたよりになる、カエリミチの帰宅請負人《きたくうけおいにん》。

相《さが》良《ら》陸《りく》

勉強《べんきょう》も運動《うんどう》もそこそこだが、すなおでやさしい男《おとこ》の子《こ》。正義感《せいぎかん》が強《つよ》く、友《とも》だち思《おも》いでもある。

桐《きり》谷《たに》 宙《そら》

学年《がくねん》トップの成績《せいせき》をほこる、クールなイケメン男子《だんし》。なぜか大川《おおかわ》たちとつるんでいる。

大《おお》川《かわ》剛《たけ》史《し》

体《からだ》が大《おお》きく、目《め》つきもするどい、らんぼう者《もの》。クラスメイトから、おそれられている。

渡《わた》瀬《せ》さくら

人《ひと》に言《い》えない不思議《ふしぎ》な力《ちから》を持《も》つ女《おんな》の子《こ》。こまっている人《ひと》を放《ほう》っておけない、まっすぐな性格《せいかく》。

飯《いい》沼《ぬま》啓《けい》太《た》

陸《りく》の幼《おさな》なじみ。おくびょうな性《せい》格《かく》で、自分自身《じぶんじしん》はできるだけ目立《めだ》ちたくないと感《かん》じている。

いつもの帰《かえ》り道《みち》のはずだったのに、
今日《きょう》はどこかがおかしく見《み》える。
見《み》たこともないバケモノがうろつき、
危険《きけん》なワナがまちうけている。

子《こ》どもが家《いえ》に帰《かえ》るとちゅうに、
ぽっかりと口《くち》を開《あ》けた裏《うら》世《せ》界《かい》。
それが、カエリミチ。

きみが無事《ぶじ》に家《いえ》まで、帰《かえ》れますように。

プロローグ　なぞの少年《しょうねん》

横断歩道《おうだんほどう》をわたっていたら、とつぜん、ワニがとびだしてきた。

ワニの中《なか》でも最大最強《さいだいさいきょう》、人食《ひとく》いと名高《なだか》いイリエワニだ。

白線《はくせん》のすき間《ま》いっぱいの巨体《きょたい》で、ジャンプし、食《く》らいついてきた。

ガバリと開《ひら》いた口《くち》の中《なか》に、とがったキバが生《は》えそろっている。


「――うおっと！」

少年《しょうねん》は、ふみだしかけた足《あし》をひっこめた。

ひょいっ、と身軽《みがる》に上半身《じょうはんしん》をそらして、ワニの攻撃《こうげき》をよけると、

「うわっ！」

うしろの白線《はくせん》のすき間《ま》からとびだしてきたワニの一撃《げき》を、体《からだ》を横《よこ》にたおしてよける。

少年《しょうねん》のはおったコートのはしっこを、ワニがビリビリとかみさいていった。

「こら！　お気《き》に入《い》りなんだぞ、これ！」

道路《どうろ》にひかれた、横断歩道《おうだんほどう》の白線《はくせん》。

少年《しょうねん》の言葉《ことば》を気《き》にすることもなく、ワニたちが白線《はくせん》のすき間《ま》から、つぎつぎと大《おお》口《ぐち》を開《ひら》いてジャンプしてくる。

「くっそぉ……。なめてやがるな！　なら、こうだっ！」

と、少年《しょうねん》はタイミングよく、ジャンプした。

とびだしてきたワニの、上《うわ》あごに乗《の》っかる。そのまま、トン、トン、トンとリズミカルにワニたちをふみつけ、道路《どうろ》の向《む》こうにすたんと着地《ちゃくち》した。

「ジャマすんなよ。こっちも、いそがしいんだ。」

ふりかえって、アスファルトの地面《じめん》をにらみつけた。

腰《こし》にさした雨《あま》ガサに手《て》をかけ、サムライのように腰《こし》をおとしてかまえる。

……ワニはもうでてこなかった。

横断歩道《おうだんほどう》があるだけだ。

キーン　コーン
カーン　コーン

どこかで、放課後《ほうかご》を告《つ》げるチャイムが鳴《な》りひびいた。

少年《しょうねん》は舌《した》うちすると、地面《じめん》を蹴《け》った。へいの上《うえ》に乗《の》り、電信柱《でんしんばしら》にとびうつると、ひょいひょいのぼって、近《ちか》くの家《いえ》の屋根《やね》におりた。

背《せ》おったぼろぼろのランドセルを開《あ》け、小型《こがた》サイズの望遠鏡《ぼうえんきょう》をとりだす。

ぐるりとあたりを見《み》まわした。

見《み》えるのは街《まち》の風景《ふうけい》。家々《いえいえ》の屋根《やね》に、学校《がっこう》の校舎《こうしゃ》。街《まち》をつらぬく幹線道路《かんせんどうろ》に、地《ち》図《ず》にものっていない細《ほそ》い裏道《うらみち》……。

「……いた！」

望遠《ぼうえん》レンズの向《む》こうに人《ひと》かげを見《み》つけて、少年《しょうねん》は身《み》を乗《の》りだした。

「くそ、遠《とお》いな。急《いそ》がねえと、すぐにやられちまう。」

望遠鏡《ぼうえんきょう》を手早《てばや》くたたんで、ランドセルに放《ほう》りこむ。
屋根《やね》のふちに立《た》ち、街《まち》を見《み》わたした。

歩行者用信号機《ほこうしゃようしんごうき》が、とおりゃんせのメロディを流《なが》している。
高架橋《こうかきょう》の上《うえ》を電車《でんしゃ》が、ガタンゴトンと走《はし》っていく音《おと》が聞《き》こえる。
なにもかも、いつもと変《か》わらないはずなのに……どこかちがう街《まち》の風景《ふうけい》。
街全体《まちぜんたい》を、屋根《やね》の上《うえ》から見下《みお》ろす少年《しょうねん》のかげを、夕《ゆう》ぐれの光《ひかり》が描《えが》きだす。

「ようこそ、カエリミチへ。」
少年《しょうねん》はにやりと笑《わら》っていうと、屋根《やね》の上《うえ》から身《み》をおどらせた。

第《だい》一話《わ》
あやしい赤《あか》信《しん》号《ごう》

⚠ 警《けい》告《こく》

カエリミチデハ　ゼッタイニ　アカシンゴウヲ
ワタッテハ　イケナイ……

いつもとちがう……

その日《ひ》の帰《かえ》り道《みち》は、ヘンだった。

ヘンというより、めちゃくちゃだった。

相良陸《さがらりく》は、あのあと何度《なんど》も、あのできごとはいったいなんだったんだろう？と思《おも》いかえしてみた。

けれど、いくら頭《あたま》をひねって考《かんが》えてみたって、答《こた》えはさっぱりでてこなかった。

その日《ひ》、陸《りく》は、いつもと同《おな》じ帰《かえ》り道《みち》をとぼとぼと歩《ある》きながら、こんなことを考《かんが》えていた。

（どうして小学校《しょうがっこう》の先生《せんせい》たちは、本当《ほんとう》のことを教《おし》えてくれなかったんだろう？）

ほんの二か月前《げつまえ》の春《はる》まで、陸《りく》は地元《じもと》の小学校《しょうがっこう》にかよっていた。身長《しんちょう》は平均《へいきん》。体重《たいじゅう》も平均《へいきん》。勉強《べんきょう》はふつうで、運動《うんどう》もふつう。先生《せんせい》たちが教《おし》えることをしっかりと守《まも》る、すなおさが長所《ちょうしょ》。陸《りく》は、そんな目立《めだ》たない男《おとこ》の子《こ》だった。

陸《りく》がせっせと守《まも》ってきた教《おし》えは、たとえば、こんなものだ。

『人《ひと》にはやさしく接《せっ》しましょう』とか。
『友《とも》だちとは助《たす》けあいましょう』とか。
『こまってる人《ひと》がいたら、力《ちから》になりましょう』とか。

そうした教《おし》えに、なんの疑問《ぎもん》もいだかないまま、小学校《しょうがっこう》を卒業《そつぎょう》して、はや二か月《げつ》。

陸《りく》は、先生《せんせい》たちはどうして本当《ほんとう》のことを教《おし》えてくれなかったんだろう、と考《かんが》えていた。本当《ほんとう》に大事《だいじ》なことを。

それは、

『世《よ》の中《なか》には、人《ひと》にやさしくするどころか、いたぶって楽《たの》しむようなやつらがいるんだってこと』とか。

『こまってる人《ひと》の力《ちから》になるなんて目立《めだ》つまねをしたら、真《ま》っ先《さき》にそういうやつらのえじきになってしまうこと』とか。

『そうしていじめられるようになったら、仲《なか》のよかった友《とも》だちだって、遠《とお》ざかっていってしまうこと』とか……。


（教《おし》えといてほしかったよなぁ……。）

陸《りく》はうつむいて、自分《じぶん》の制服《せいふく》を見下《みお》ろした。

学校《がっこう》をでる前《まえ》に、はたいたはずだったのに、制服《せいふく》には、くつ底《ぞこ》のあとがまだ残《のこ》っている。はがいじめにされ、蹴《け》りつけられたのだ。

気《き》づいた生徒《せいと》たちはいたけれど、だれも助《たす》けようとはしなかった。みんな、ちゃあんと知《し》っていたから。本当《ほんとう》のことを。

人《ひと》にはやさしくだとか、こまってる人《ひと》がいたら力《ちから》になるだとか、そんなこと……

なんの役《やく》にも立《た》たない、ウソっぱちなんだってことを。

（もう、このまま、どっか行《い》っちゃいたいなぁ……。）

こみあげてきそうになるなみだをけん命《めい》にこらえながら、陸《りく》はとぼとぼと帰《かえ》り道《みち》を歩《ある》いていた。

なさけないけれど、それは陸《りく》にとって、いつもどおりの帰《かえ》り道《みち》だった。

「ヘンだ」と気《き》づいたのは、道路《どうろ》にさしかかり、信号待《しんごうま》ちしているときだった。

「あれ……？　どうしたんだ？」

陸《りく》は、道路《どうろ》の左右《さゆう》を見《み》わたして、首《くび》をかしげた。

中学校《ちゅうがっこう》から陸《りく》の家《いえ》までの距離《きょり》は、歩《ある》いて約《やく》十五分《ふん》。陸《りく》と同《おな》じ住宅街《じゅうたくがい》に住《す》む子《こ》どもたちは、毎日朝《まいにちあさ》と夕方《ゆうがた》、この道《みち》を通《とお》って歩《ある》いていく。

学校《がっこう》と家《いえ》のあいだには、一本《ぽん》の幹線道路《かんせんどうろ》が横《よこ》ぎっている。交通量《こうつうりょう》の多《おお》い道路《どうろ》で、朝《あさ》だろうと夕方《ゆうがた》だろうと、ビュンビュン音《おと》をたてて車《くるま》が行《い》き来《き》する。

そんな道路《どうろ》なのに。

今《いま》は車《くるま》が走《はし》っていないのだ。一台《だい》も。

目《め》に入《はい》ってくるずっと先《さき》の先《さき》まで……道路《どうろ》はがらんとしている。

そして……気《き》づいた。

車《くるま》だけじゃない。

人《ひと》もいなくなっている。

夕方《ゆうがた》の帰宅時間帯《きたくじかんたい》だ。ふだんなら下校《げこう》する生徒《せいと》たちがたくさんいるはずだった。

なのに、あたりを見回《みまわ》してみても、だれのすがたも見《み》あたらない。

まるで、とつぜん街中《まちなか》から、人気《ひとけ》のない映画《えいが》のセットの中《なか》に放《ほう》りこまれてしまったみたいだ。

「どうしちゃったんだろ……？　工事《こうじ》で通行止《つうこうど》めでもしてんのかな？」

陸《りく》は、きょろきょろあたりを見回《みまわ》してから、なんとなく、道路《どうろ》の向《む》こう側《がわ》を見《み》た。

立《た》っているのは、歩行者用信号機《ほこうしゃようしんごうき》だ。道路《どうろ》をはさんで、こちら側《がわ》と、あちら側《がわ》。

二本《ほん》セットで設置《せっち》されている。

四角《しかく》いレンズがたてに二《ふた》つならんだ、どこにでもある信号機《しんごうき》だった。今《いま》は、上側《うえがわ》のレンズが赤《あか》く光《ひか》っている。レンズの中《なか》では、まっすぐに立《た》った男《おとこ》のシルエットが、シルクハットみたいなぼうしをかぶってる。

「……信号《しんごう》、やけに長《なが》いな。」

気《き》がつけば、さっきからずっと待《ま》ちつづけている。

車《くるま》も人《ひと》もいないのに、ぼうっと信号待《しんごうま》ちしてる自分《じぶん》が、バカみたいに思《おも》えてきた。

「いいや、わたっちゃえ。」

陸《りく》は、足《あし》をふみだしかけた。

そのときだった。

「バカヤロウ！　止《と》まれ！」

声《こえ》がひびきわたった。

おかしなヤツ

ふりむくと、わきにのびた小道《こみち》の入《い》り口《ぐち》から、子《こ》どもが一人《ひとり》、とびだしてきた。男《おとこ》の子《こ》だ。陸《りく》よりも三《みっ》つか四《よっ》つ下《した》くらい……まだ小学校《しょうがっこう》の、三～四年生《ねんせい》くらいだと思《おも》う。

深緑色《ふかみどりいろ》の、マントのようなコートをはおっている。ひたいにゴーグル。足《あし》には編《あ》みあげのブーツ。まるで探検家《たんけんか》みたいな、みょうなかっこうだった。

腰《こし》には雨《あま》ガサをさしている。まるで刀《かたな》みたいに。背《せ》おった小《ちい》さなランドセルは、革《かわ》がボロボロにはげている。

「止《と》まれっ！」

少年《しょうねん》はさけぶと、ダダダッ、とこっちへ走《はし》ってきた。

（なんだ？　こいつ。）

陸《りく》は、きょろきょろとまわりを見回《みまわ》した。

(だれもいないけどな?)

首《くび》をかしげながら、横断歩道《おうだんほどう》に足《あし》をふみだす。

「おまえだっつうの!」

少年《しょうねん》はいきなりタックルしかけてきた。

ふみだしかけた陸《りく》の足《あし》をがっちりホールド。そのまま歩道《ほどう》へ向《む》けて押《お》したおす。

——どすん

陸《りく》は少年《しょうねん》もろとも、歩道《ほどう》の上《うえ》にすっころんだ。

「い、いてて……。」

打《う》ちつけた腰《こし》をおさえて、うめく。

今日《きょう》は、厄日《やくび》なのかもしれない。朝《あさ》の占《うらな》い番組《ばんぐみ》をチェックしたら、きっと陸《りく》の星《せい》座《ざ》はこういわれてただろう。今日《きょう》のあなたの運勢《うんせい》はサイアク。中学校《ちゅうがっこう》の体育館《たいいくかん》の裏《うら》でいじめっこたちに蹴《け》られ、通《とお》りがかりの小学生《しょうがくせい》から、タックルをくらう一日《にち》になるでしょう。

「イテテ……。」

少年《しょうねん》は少年《しょうねん》で、痛《いた》そうに頭《あたま》をかかえている。なぜタックルしたんだ。

さすがの陸《りく》も、頭《あたま》にきた。

「おい、こら！　おまえなっ！」

きっ、と少年《しょうねん》をにらみつけ、年上《としうえ》としてしかりつける。

「なにするんだよ！　あぶないじゃないか！　バカ！」

「るせぇ！　あぶねーのは、おまえだったんだよ！　大《おお》バカっ！」

「……ご、ごめん……。」

すごすごとひきさがった。ケンカはもちろん、口《くち》ゲンカすら、ほとんどしたことがない陸《りく》だった。

少年《しょうねん》は立《た》ちあがると、うでを組《く》み、フンッ、と鼻《はな》から息《いき》をついて、

「ったく。のこのこまよいこんできたと思《おも》ったら、いきなりなんてことしようとしてやがるんだ。最速《さいそく》で客《きゃく》を死《し》なせるところだったぜ。」

ブツブツ、文句《もんく》をいっている。

チビのくせに、やたらと態度《たいど》がデカイ。下《した》から陸《りく》を見上《みあ》げているのに、なぜか陸《りく》のほうが見下《みくだ》されてる気分《きぶん》だ。

少年《しょうねん》は、ビシリ、と歩行者用信号機《ほこうしゃようしんごうき》を指《ゆび》さし、

「信号《しんごう》が赤《あか》のときは、道《みち》をわたっちゃダメなんだ。知《し》ってるだろ?」

しんけんな顔《かお》で陸《りく》をにらみつけた。

「……う、うん。」

陸《りく》は思《おも》わず、すなおにうなずいた。

こいつ、チビのくせに、みょうなはく力《りょく》があるのだ。

「赤信号《あかしんごう》はカエリミチにおける、絶対《ぜったい》のルールなんだ。数《かず》あるルールの中《なか》でも、特《とく》に気《き》をつけなきゃダメなものなんだ。」

少年《しょうねん》は、うなり声《ごえ》をあげる。

「赤信号《あかしんごう》にやられるぎせい者《しゃ》は、日本全国《ぜんこく》のカエリミチの中《なか》でも、一、二をあらそうくらい多《おお》いんだ。オレが知《し》ってるだけでも、何人《なんにん》もムザンな死《し》をとげてる。ある

意味《いみ》、カエリミチ最強《さいきょう》のワナともいえるんだ。」

「……は、はあ。」

陸《りく》はうなずいた。

ようするに、「交通《こうつう》ルールを守《まも》ろうね」っていってるんだろうけれど……ずいぶん大《おお》げさな口《くち》ぶりだ。

「赤信号《あかしんごう》のルールをやぶると……あいつがでてきちまうんだ……。」

少年《しょうねん》は歩行者用信号機《ほこうしゃようしんごうき》の、二《ふた》つならんだランプを指《ゆび》さした。

赤《あか》く光《ひか》るレンズ。

そのレンズの中《なか》で、まっすぐに立《た》っている男《おとこ》のシルエットを見上《みあ》げて、おそろしい怪談話《かいだんばなし》でもするみたいに声《こえ》をひそめる。

「あいつら、ようしゃしないぞ。あいつらの世界《せかい》には、信号《しんごう》を〝守《まも》るやつ〟〝守《まも》らないやつ〟の二種類《しゅるい》しかない……。言《い》いわけなんて、通《つう》じねえんだぞ……。」

「…………。」

陸《りく》は、じっと信号機《しんごうき》を見上《みあ》げた。

毎朝毎夕《まいあさまいゆう》、何百《なん》、何千《なん》と、見《み》つづけてきた、ただの信号機《しんごうき》。

「あいつらは、信号無視《しんごうむし》したやつを見《み》つけると、その場《ば》でつかまえて、拷問《ごうもん》にかけるんだ。いろんな拷問《ごうもん》があるが、どれも残酷《ざんこく》だ。しかも絶対《ぜったい》、逃《に》げられねえ。」

少年《しょうねん》は、まるで猛獣《もうじゅう》でも相手《あいて》にするみたいに、油断《ゆだん》なく信号機《しんごうき》をにらみつけている。

陸《りく》は肩《かた》をすくめると、とりあえず先《さき》をうながしてやった。

「……んで?」

「カエリミチには、そういうワナがたくさんあるってことだよ。まよいこんできたやつの多《おお》くは、生《い》きて家《いえ》まで帰《かえ》れない。ワナにかけられ死《し》んじまうか、永遠《えいえん》にさまようことになる。おまえのいつもの帰《かえ》り道《みち》とは、ちがうんだ。」

「……はあ。」

「でも、安心《あんしん》しろ。――オレがいりゃ、べつだ。」

少年《しょうねん》は得意《とくい》そうに胸《むね》をはって、ゴーグルの位置《いち》を、くいっと直《なお》した。

「この道《みち》数十年《すうねん》のプロフェッショナル……カエリミチの〝帰宅請負人《きたくうけおいにん》〟とは、オレ様《さま》のことだ。オレがついてりゃ、このおそろしいカエリミチも問題《もんだい》ねえ。無事《ぶじ》に家《いえ》まで帰《かえ》れる。よかったな、運《うん》いいぜ、おまえ。このこの。」

しらーっとしている陸《りく》にかまわず、ひじで陸《りく》のわき腹《ばら》をぐりぐりやってくる。

ぐいっ、とあく手《しゅ》をもとめてきた。

「そんなわけで、よろしくな。契約《けいやく》だ。……おまえ、名前《なまえ》はなんてんだ?」

「………。」

陸《りく》は、しばらくだまって、さしだされた少年《しょうねん》の手《て》を見《み》つめた。

まくしたてられた内容《ないよう》を、もう一度最初《どさいしょ》から考《かんが》える。

それから、わかったよ、とうなずき、あく手《しゅ》してやった。

クスッ、と、笑《え》みがこぼれた。

(……いいなあ。小学生《しょうがくせい》は、楽《たの》しそうで……。)

ごっこ遊《あそ》びをしてるのだ。

見《み》えない敵《てき》と戦《たたか》いごっこをして遊《あそ》ぶ……陸《りく》も小《ちい》さいときは、よくやっていた。ほほえましいな。うん。

すっかりおこる気《き》もなくなってしまった。

「おれは、相良陸《さがらりく》。悪《わる》かったよ。信号無視《しんごうむし》は、いけないことだよな。」

ニコニコと笑《え》みを浮《う》かべて、あく手《しゅ》した手《て》をぶんぶんふった。

「わかってくれりゃ、いいんだ。」

少年《しょうねん》は、へヘッと満足《まんぞく》そうにうなずいた。

「じゃあ、これをもって契約成立《けいやくせいりつ》とする。客《きゃく》との契約《けいやく》は、あく手《しゅ》で開始《かいし》ってのが、オレのやりかたなんだ。前金《まえきん》はなし。無事《ぶじ》に帰宅《きたく》できるってなったときに、仕事《しごと》の成功報酬《せいこうほうしゅう》をもらう。明朗会計《めいろうかいけい》、わかりやすい料金《りょうきん》システムだろ？」

陸《りく》は笑《わら》いをこらえながら、そうだな、とうなずいてやった。

ボディガードごっこ、ってところだろうか。

ヘンなヤツだ。陸《りく》の通《かよ》っていた小学校《しょうがっこう》に、こんなやつ、いただろうか？　見《み》かけたら、おぼえていそうなものだけど。

「それじゃあ、帰《かえ》るぞ。家《いえ》の住所《じゅうしょ》は？　安全《あんぜん》なルートで帰《かえ》ろうぜ。」

少年《しょうねん》は、そういって歩道《ほどう》を歩《ある》きだした。

「帰《かえ》るぞって……うちまでついてくる気《き》か？」

「そういってるじゃんか。急《いそ》ごうぜ。ほかのやつらに気《き》づかれると、めんどうだ。」

陸《りく》はぽりぽりと頭《あたま》をかいた。

適当《てきとう》につきあってやっていたけど、さすがに家《いえ》にまで来《こ》られるのはやっかいだ。

見知《みし》らぬ子《こ》どもの遊《あそ》びに、ずっとつきあってやる気分《きぶん》じゃない。

「あのさ。そういう遊《あそ》びは、友《とも》だちとやったほうが楽《たの》しいぞ？」

「ん？　遊《あそ》びじゃなくて、仕事《しごと》だぞ？」

陸《りく》の言葉《ことば》に少年《しょうねん》は首《くび》をかしげ、ひょいと肩《かた》をすくめた。

「それに、友《とも》だちっていわれてもさ。カエリミチに住《す》んでる子《こ》どもは、オレしかいねえもん。」

「…………。」

なにいってんだろう？　こいつ。

と。

……ドドドドドドドドド……


とつぜん、音《おと》が聞《き》こえてきた。

静《しず》まりかえっていた街中《まちなか》にひびく――エンジン音《おん》。

低音《ていおん》のリズム。バイクの排気音《はいきおん》だ。

近《ちか》づいてくる。


「……ちっ。さっそくおいでなすった。ちょっと時間《じかん》かけすぎたぜ。」

少年《しょうねん》は舌《した》うちすると、音《おと》の聞《き》こえてくるほうをにらみつけた。

さっきまでと一転《いってん》して、するどい――まるで戦士《せんし》みたいな目《め》つきだ。

陸《りく》は道路《どうろ》の向《む》こうをあおぎみた。

はるか向《む》こう。地平線《ちへいせん》の果《は》てから、ブオンブオン排気音《はいきおん》をとどろかせつつ、バイクが一台《だい》、走《はし》ってくる。

「くそ、よりによってめんどうなのが来《き》たぜ。あいつのしつこさは折《お》り紙《がみ》つきなんだ。陸《りく》、早《はや》いとこ、行《い》くぜ。」

少年《しょうねん》がうなって、陸《りく》のそでをひっぱる。

「きみの知《し》りあい？　お父《とう》さんかな？」

陸《りく》はのんびりといって、バイクをながめた。いつまでもごっこ遊《あそ》びをして帰《かえ》らない少年《しょうねん》を、親《おや》がむかえに来《き》たのかもしれない。

「知《し》りあいといえば、知《し》りあいだ。でも顔《かお》は知《し》らねえから、知《し》りあいじゃねえかもな。オレの仕事《しごと》の、じゃまばっかしやがるんだ。」

少年《しょうねん》はなぞなぞみたいなことをいった。知《し》りあいなのに、顔《かお》は知《し》らない？

バイクは爆音《ばくおん》をひびかせながら、みるみる近《ちか》づいてくる。スピード違反《いはん》と騒音規《そうおんき》制《せい》に、ダブルでひっかかりそうな走《はし》りだ。

子《こ》どもの顔《かお》のマークのステッカーをべたべたとはりつけた、やたらはでな大型《おおがた》バイクだった。

乗《の》っているのは、黒《くろ》のライダースジャケットを着《き》こんだライダー。

ハンドルをにぎり、軽《かる》く腰《こし》を浮《う》かせるようにして、バイクにまたがり、一直線《いっちょくせん》に走《はし》ってくる。

「…………。」

陸《りく》はぽかんとして、そのライダーを見《み》つめた。

バイクがはでなのは問題《もんだい》じゃない。

スピード違反《いはん》も騒音《そうおん》も、このさい、問題《もんだい》じゃなかった。

問題《もんだい》は……。

「な？　知《し》ってるけど、知《し》らねえんだ。」

少年《しょうねん》がボソリとつぶやいた。

「だって、ないからな。……顔《かお》。」

ただいま逃走中《とうそうちゅう》!?

そのライダーには、本来《ほんらい》あるべき部分《ぶぶん》……顔《かお》がなかった。

顔《かお》の部分《ぶぶん》が、ぐるぐるとうずまきのようになっているのだ。

「〝顔《かお》なしライダー〟ってやつだ。」

ぼうぜんとつったっている陸《りく》に、少年《しょうねん》が冷静《れいせい》にいった。

「そっちの世界《せかい》でも有名《ゆうめい》なんだろ？　怪談《かいだん》？　都市伝説《としでんせつ》？　首《くび》なしライダー、ともいわれてるらしいけど。そういうのにでてくる怪物《かいぶつ》っていうのは、だいたいがカエリミチの住人《じゅうにん》なんだ。無事《ぶじ》に帰《かえ》った子《こ》どもが周《まわ》りに伝《つた》えた話《はなし》が、そういう形《かたち》になって残《のこ》るんだよ。——あっちから逃《に》げるぜ。」

と、少年《しょうねん》はわきの道《みち》を指《ゆび》さした。

幹線道路《かんせんどうろ》から、一本入《ぽんはい》った小道《こみち》だった。入《い》り口《ぐち》には、〝歩行者専用道路《ほこうしゃせんようどうろ》〟と書《か》かれたポールが立《た》っていて、車《くるま》よけのチェーンスタンドがおかれている。ポールのあいだにくさりをはりわたし、車《くるま》を入《はい》れなくするやつだ。

「行《い》くぞ。歩行者専用道路《ほこうしゃせんようどうろ》を進《すす》めば、バイク相手《あいて》にだって、そうはつかまらねえ。」

「…………。」

陸《りく》は、ぼうっと立《た》ったまま、少年《しょうねん》を見返《みかえ》した。

少年《しょうねん》のいってることが、頭《あたま》に入《はい》ってこない。自分《じぶん》の見《み》たものが信《しん》じられない。

顔《かお》なしライダー？　そんなの、現実《げんじつ》にいるわけがないじゃないか……。

「おい、陸《りく》！　急《いそ》がねえとヤバイぞ！」

「……あ、そうか。わかったぞ。」

陸《りく》は、ポンと手《て》を打《う》って、大《おお》きくうなずいた。

「おう、わかったか！」

「これは……夢《ゆめ》なんだな？」

「わかってなかった。くそ、多《おお》いんだよな！　夢《ゆめ》だと思《おも》いこむやつ。」

「夢《ゆめ》だ。うん、夢《ゆめ》だ！　よし、起《お》きよう。――いでっ！」

少年《しょうねん》が陸《りく》のほおを、ぎゅううう……とつねりあげている。

「にゃにすんだよっ！」

「いてぇだろ？　夢《ゆめ》なんかじゃねえの！　わかったか？　とっとと行《い》くぞ！」

「くそ、いいかげんにしろよ、さっきから！　もうゆるさないぞ！」

「あっ、こら、つねりかえすな！　いてえっ！　くそ、やったな！」

「いてえ！　こら、ひねるなよ！」

「たってたって、よっこよっこ、」

「丸《まる》かいて――、」


……**ギュルルルルルルルル**……


ほおをつねりあったたまま、二人《ふたり》はハッとして道《みち》の向《む》こうをふりかえった。

ライダーが手《て》にしている「それ」に、視線《しせん》が吸《す》いよせられた。

テレビで見《み》たことがあるやつだ。通販番組《つうはんばんぐみ》の芝《しば》かりの実演《じつえん》と、あとは……ホラー映画《えいが》の中《なか》で。

何枚《なんまい》もの刃《は》が、高速回転《こうそくかいてん》して物体《ぶったい》を切《き》りきざむ……チェーンソー。

ギュルルル
ルル

……ギュルルルルルルル……


ライダーはチェーンソーを高々《たかだか》とかかげ、一直線《いっちょくせん》に走《はし》ってきていた。

「こんなことしてる場合《ばあい》じゃねえっ！」

パチンッ——しっかり陸《りく》のほおをひっぱって、最後《さいご》の「丸《まる》かいて、ちょん」をしてから、少年《しょうねん》はかけだした。

「急《いそ》げ！　こっちだ、陸《りく》！」

「くそ、まてっ！　やり逃《に》げするなよっ！　おれだって……！」

小道《こみち》にとびこんでいく少年《しょうねん》を、陸《りく》は赤《あか》くなったほおをおさえながら追《お》った。

車《くるま》よけのくさりの下《した》をくぐって、道《みち》に入《はい》りこむ。

エンジンとチェーンソーのいっしょくたになった轟音《ごうおん》が、二人《ふたり》のうしろの道路《どうろ》を通《とお》りすぎていった。

「あいつ、また子《こ》どもをつかまえやがったな。バイクにはったステッカーが増《ふ》えてやがる。」

油断《ゆだん》なくバイクをにらみつけていた少年《しょうねん》がいった。

つねってやろうとしていた陸《りく》は、のばしかけた手《て》を止《と》めてふりかえった。

「つかまえた子《こ》どもの数《かず》だけ、はりつけてやがるんだ。顔《かお》をうばって、コレクションしてるって話《はなし》だ。あいつのせいで何人《なんにん》もの子《こ》どもがやられたか。くそう。」

少年《しょうねん》はくやしそうに、歯《は》をかみしめている。

この夢《ゆめ》は、いったいなにをしめしてるんだろう？　と陸《りく》は思《おも》った。夢《ゆめ》には見《み》ている人《ひと》の心《こころ》の状態《じょうたい》が反映《はんえい》されるって聞《き》く。子《こ》どもをつかまえ、その顔《かお》をコレクションしてる顔《かお》なしライダーの夢《ゆめ》……自分《じぶん》の精神状態《せいしんじょうたい》が心配《しんぱい》になってくる。

「今《いま》のうちに行《い》くぞ、陸《りく》。」

歩行者専用道路《ほこうしゃせんようどうろ》の片側《かたがわ》は、背《せ》の高《たか》いフェンスに面《めん》していた。フェンスの向《む》こう側《がわ》には公園《こうえん》が広《ひろ》がっている。

少年《しょうねん》はフェンスにかけより、のびた草《くさ》のしげみをごそごそと、かきわけはじめた。

「たしか、ここらへんに……。」

――ギュルルルルルッ

ふたたび、チェーンソーの音《おと》がひびいた。陸《りく》はふりかえった。

鉄柱《てっちゅう》のあいだにはられたくさりに、チェーンソーの刃先《はさき》がつきあてられていた。

ギュルルルルル……。


……ガリガリガリッ！　バリッ！


鉄《てつ》のこすりあわさるかん高《だか》い音《おと》。青白《あおじろ》い火花《ひばな》が散《ち》った。

ポールに書《か》かれた〝歩行者専用《ほこうしゃせんよう》〟の文字《もじ》が、アメのようにとけて消《き》えていく。

「お、おい。なんか、ヤバそうだぞ？」

「――あった！」

草《くさ》むらをかきわけていた少年《しょうねん》が、ピュイッと口笛《くちぶえ》をふいた。

公園《こうえん》をぐるりとかこんだ、背《せ》の高《たか》いフェンス。

そのフェンスの一部《ぶ》に開《あ》いた、小《ち》さな穴《あな》を指《ゆび》さしている。

「近所《きんじょ》の子《こ》どもが開《あ》けた、ぬけ道穴《みちあな》だ。ここをぬければ、やつは追《お》ってこれねえ。へへ、どんなもんだっての。」

少年《しょうねん》は得意《とくい》そうに胸《むね》をはると、するり、と穴《あな》をくぐりぬけて、公園《こうえん》へ入《はい》った。

「さあ、おまえもこっちこい！　陸《りく》！」

「………………」

「ぼうっとすんな！　このさい、夢《ゆめ》なら夢《ゆめ》でもいいからさ！　夢《ゆめ》の中《なか》だろうと、死《し》にたくはないだろ？　さあ、早《はや》く！」

「いや、ていうかさ……。」

陸《りく》は、ぼそりとつぶやいた。

「……小《ちい》さいんだけど。おれには。この穴《あな》。」

「え？　…………あっ。」

得意《とくい》そうにしていた少年《しょうねん》は、あっという間《ま》に、しまった、という顔《かお》になった。

「だ、だいじょうぶだ！　通《とお》れ！　行《い》ける！　根性《こんじょう》だ！」

「いや、きついよ……。おれ、中学生《ちゅうがくせい》だぞ……。」

「むりやり通《とお》れば通《とお》れるって！　なんとかなる！　お母《かあ》さんからだって、生《う》まれてこれただろ！」

よくわからないことをいいつつ、少年《しょうねん》はあわててフェンスの穴《あな》をつかみ、広《ひろ》げはじめた。

陸《りく》は少《すこ》しまよってから、フェンスの穴《あな》に頭《あたま》からつっこんだ。

肩《かた》がひっかかる。ミノムシのように、もがきながら体《からだ》を押《お》しいれていく。めくれたフェンスが肩《かた》やわき腹《ばら》にひっかかって痛《いた》い。

少年《しょうねん》にむりやりうでをひっぱられ、肩《かた》を通《とお》し、腰《こし》、足《あし》と、なんとかくぐりぬけ……陸《りく》はようやく、公園《こうえん》の中《なか》へ転《ころ》がりこんだ。

ふう、と息《いき》をつき、制服《せいふく》についた土《つち》をはたく。

「ったくもう。なんなんだよ、この夢《ゆめ》は。穴《あな》の大《おお》きさくらい、考《かんが》えておけよな。」

そういったとき、

ぐつ――

と、息《いき》がつまった。

少年《しょうねん》が陸《りく》の洋服《ようふく》のえりをつかんで、思《おも》いきりひっぱったのだ。陸《りく》は、芝《しば》の上《うえ》を転《ころ》がった。

「ってえ、いいかげんにしろよっ！　おれだって、しまいにゃおこる――。」

――ギュルルギュルルルルル……

顔《かお》の前《まえ》で鳴《な》りひびく音《おと》。

フェンスの向《む》こうからつきだされたチェーンソーの刃《は》が、陸《りく》の目《め》の前《まえ》でうなりをあげていた。

回転《かいてん》する刃《は》がまきおこす風《かぜ》が、陸《りく》の鼻《はな》をなでる。

陸《りく》は、ずりずりとうしろへ下《さ》がった。

おそるおそる、自分《じぶん》の足《あし》を見下《みお》ろした。

制服《せいふく》のすそが、切《き》りさかれていた。

少年《しょうねん》がひっぱらなかったら……切《き》りさかれていたのは制服《せいふく》ではなく、陸《りく》の足《あし》のほうだったろう。

背《せ》すじが冷《つめ》たくなった。

こめかみから、冷《ひ》や汗《あせ》が、したたりおちてくる。

顔《かお》なしライダーは残念《ざんねん》そうに肩《かた》をすくめると、フェンスからはなれた。

バイクにまたがり、エンジンをふかして遠《とお》ざかっていった。

「ふう。危機《きき》一髪《いっぱつ》だったな。あと数《すう》センチずれてたら、やられてたぜ。……ったく、あんにゃろうめ。人《ひと》の客《きゃく》に、ちょっかいだすんじゃねえや。」

少年《しょうねん》は遠《とお》ざかっていく顔《かお》なしライダーをにらみつけ、あかんべえをする。

「だいじょうぶだ。あの道《みち》を進《すす》むルートは、かなり大回《おおまわ》りになるんだ。今《いま》のうちに、まいちまおうぜ。」

かけだそうとして……陸《りく》がついてこないのに気《き》づいて立《た》ちどまる。

首《くび》をかしげて、陸《りく》を見下《みお》ろした。

「どうした? 陸《りく》。」

「……こ、これ、さ……。」

陸《りく》は地面《じめん》にへたりこんだまま、青《あお》い顔《かお》で少年《しょうねん》を見上《みあ》げた。

「ゆ、夢《ゆめ》、なんだよな……？」

「オレからいえるのは――ここは、いつものおまえの帰《かえ》り道《みち》とは、べつの世界《せかい》だってことだけだ。」

そういって、フェンスの向《む》こうの道路《どうろ》を指《ゆび》さした。

「………。」

陸《りく》は、あぜんとした。

横断歩道《おうだんほどう》の白線《はくせん》のすき間《ま》から、ワニがいきおいよくとびだしてきたのだ。

「子《こ》どもが家《いえ》に帰《かえ》るとちゅうに、ぽっかり口《くち》を開《あ》けた、裏《うら》の世界《せかい》――それが、カエリミチだ。表《おもて》の世界《せかい》にはいないバケモノやワナが、平気《へいき》な顔《かお》で存在《そんざい》している世界《せかい》だ。ここではオレたちみたいな人間《にんげん》のほうが、少数派《しょうすうは》なんだ。」

「………。」

「カエリミチにはときどき、おまえみたいに表《おもて》の世界《せかい》からまよいこんでくるやつがいる。なにも知《し》らずに歩《ある》いてたら、すぐにたちの悪《わる》い住人《じゅうにん》やワナのえじきだ。そう

本
KIND

してカエリミチで死《し》んだやつは、表《おもて》の世界《せかい》では、はじめからいなかったってことになっちまう……。」

元《もと》の世界《せかい》にもどる方法《ほうほう》は一《ひと》つだけなんだ——少年《しょうねん》はいった。

「それは、家《いえ》に帰《かえ》って、ただいま、っていうことだ。そうすれば、カエリミチは終《お》わる。」

「……なんなんだよ、それ……。わけわかんないよ……。」

「わかんなくていい。おまえはオレの客《きゃく》だ。」

少年《しょうねん》はへたりこんだ陸《りく》の手《て》をつかむと、強引《ごういん》にひっぱりおこした。

「契約《けいやく》した以上《いじょう》、オレが生《い》きて家《いえ》に帰《かえ》してやる。それだけわかっていればいい。

……わかったら、行《い》くぞ。走《はし》れ、陸《りく》。」

少年《しょうねん》に手《て》をひかれて走《はし》りだしながら、陸《りく》は心《こころ》の中《なか》でぶるぶると首《くび》をふった。

帰《かえ》り道《みち》？　カエリミチ？　なんなんだよ。いったい、なんなんだよ……。

危《き》険《けん》なワナ

公園《こうえん》をつっきり、二人《ふたり》は一目散《いちもくさん》に走《はし》った。

夢《ゆめ》だ――陸《りく》はそう思《おも》うことにした。こわい夢《ゆめ》を見《み》てるだけだ。ただの夢《ゆめ》なんだから、起《お》きれば終《お》わりだ。家《いえ》に帰《かえ》りつけば、目《め》がさめる。それだけなんだ。

走《はし》っていくと、向《む》こうに道路《どうろ》が見《み》えてきた。

「……ダメだ。こっちだ、陸《りく》！」

少年《しょうねん》は道路《どうろ》をわたらず、わき道《みち》を曲《ま》がろうとする。陸《りく》は首《くび》をふった。

「家《いえ》はあっちだぞ！」

「あれ見《み》ろって！」

と、少年《しょうねん》は歩行者用信号機《ほこうしゃようしんごうき》を指《ゆび》さした。

「赤《あか》だろ！」

「…………。」

「このへんの赤信号《あかしんごう》、なげぇんだ！　べつの道《みち》のほうが早《はや》い！」

のんきに交通《こうつう》ルールなんか守《まも》ってる場合《ばあい》かよ――いうひまもなく、少年《しょうねん》にうでをひっぱられて走《はし》る。

「こっちだ、陸《りく》！」

少《すこ》し行《い》くと、また赤信号《あかしんごう》につきあたった。

「くそ、こっちだ！」

まわり道《みち》して走《はし》る。

また赤信号《あかしんごう》。

「くっそお……。こいつら、しめしあわせてんじゃねえだろうなぁ……。」

赤信号《あかしんごう》にでくわすたびに、少年《しょうねん》はまわり道《みち》して走《はし》っていく。

ジグザグ、ジグザグ………。

どんどん家《いえ》から遠《とお》ざかっていく……。

「おい、いいかげんにしろよ！　遊《あそ》んでる場合《ばあい》かよっ！」

「しかたねーだろっ！」

少年《しょうねん》は陸《りく》にとりあわない。こいつについていって、いいのだろうか？　陸《りく》の胸《むね》に、じわじわ不安《ふあん》が広《ひろ》がってくる。

しばらく走《はし》っていくと、商店街《しょうてんがい》にさしかかった。

人《ひと》っ子《こ》ひとりいない。いつものにぎやかな通《とお》りから、人間《にんげん》だけをえらんで、とうめいな色《いろ》でぬりつぶしたみたいだ。

「つし。ここは信号《しんごう》、ねえな！」

少年《しょうねん》はガッツポーズをとった。

それから、あっ、とうめいた。地面《じめん》を見下《みお》ろし、くそっ、と舌《した》うちする。

「白線《はくせん》かよ……。」

商店街《しょうてんがい》の道《みち》。肉屋《にくや》や魚屋《さかなや》、本屋《ほんや》、雑貨屋《ざっかや》……両《りょう》わきにならんだ店《みせ》と店《みせ》のあいだを、一直線《いっちょくせん》に通《とお》っていく道路《どうろ》。

その道路《どうろ》に、まっすぐな白線《はくせん》が一本《ぽん》、ひかれているのだ。

むう……と口《くち》の中《なか》でうなり声《ごえ》をあげ、少年《しょうねん》は決心《けっしん》したように陸《りく》を見上《みあ》げた。

「わたろう。白線《はくせん》の上《うえ》を歩《ある》くんだ、陸《りく》。」

「………。」

「はみだしたらダメだ。正確《せいかく》に、白線《はくせん》の上《うえ》だけを歩《ある》くんだ。あせらずに、一歩《ぽ》一歩《ぽ》、ゆっくり進《すす》めば問題《もんだい》ねえ。オレから行《い》く。ついてこい。」

「お、おまえな……。」

さすがに、ガマンできなくなった。

「いいかげんにしろよ……っ。遊《あそ》んでる場合《ばあい》かよっ！　いつまたあのライダーが来《く》るか、わかんねえんだぞ！」

「ちげえ！　遊《あそ》んでんじゃねえよ！　この白線《はくせん》のぎせい者《しゃ》も、すごく多《おお》いんだ！　赤信号《あかしんごう》とならんで、キケンなトラップなんだよ！」

「なにがぎせい者《しゃ》だよっ！」

白線《はくせん》の上《うえ》を歩《ある》く、だなんて、ただの子《こ》どもの遊《あそ》びじゃないか！

あのライダーも、目《め》の前《まえ》のこいつも……みんなして陸《りく》のことを、だまして遊《あそ》んでるんじゃないかと思《おも》えてくる。

「ルールを守《まも》らないとヤバイんだ！　オレを信《しん》じてくれ、陸《りく》！」

少年《しょうねん》はあせったようにわめいた。

そのとき、

――ブロロロロロロロ……

遠《とお》くでバイクの音《おと》がひびいた。

陸《りく》は血《ち》の気《け》がひいた。

「おれは帰《かえ》る！」

道《みち》をかけだした。

その瞬間《しゅんかん》。

――体《からだ》が浮《う》いた。

足《あし》をついたはずの地面《じめん》の感触《かんしょく》が、フッと消《き》えうせたのだ。

陸《りく》の体《からだ》は空中《くうちゅう》に放《ほう》りだされた。視界《しかい》がひっくりかえった。

特売日

その一瞬《いっしゅん》、いろいろなものがよく見《み》えた。

あわてさけぶ少年《しょうねん》の顔《かお》。いつもの商店街《しょうてんがい》の店先《みせさき》と看板《かんばん》。はるか向《む》こう、陸《りく》の家《いえ》のある住宅街《じゅうたくがい》の町並《まちな》み。

商店街《しょうてんがい》の道《みち》は……がけになっていた。

アスファルトの道路《どうろ》は一瞬《いっしゅん》にして、切《き》りたった断崖絶壁《だんがいぜっぺき》になっていた。

はるか下《した》のがけのおく底《そこ》に、いくつものランドセルや制服《せいふく》が、ぼろぼろになって転《ころ》がっているのが見《み》えた。


（これは、夢《ゆめ》じゃない。）

空中《くうちゅう》に投《な》げだされながら、陸《りく》は理解《りかい》した。これは、現実《げんじつ》なんだ。

まっさかさまに、陸《りく》は落《お》ちていく。

（おれ、死《し》んだ――。）

――ガシッ

と。

「つぶねぇ！　バッカヤロお！　何度《なんど》めだ、こらぁ！」

「………。」

がくんと落下《らっか》が止《と》まり、陸《りく》は、ぱちぱちと目《め》をまたたかせた。

見上《みあ》げたがけの上《うえ》に……少年《しょうねん》が身《み》を乗《の》りだしているのが見《み》えた。

白線《はくせん》の上《うえ》からうでをのばし、陸《りく》の手《て》をつかんで体《からだ》をささえている。

「だから……白線《はくせん》の上《うえ》、歩《ある》けって、いったじゃねえかぁ……っ。」

ぎりぎりと歯《は》を食《く》いしばりながら文句《もんく》をいう。

「がけから落《お》ちるとか、まだマシなほうだぞ……！　ワニに食《く》われて即死《そくし》とか、あるんだぞ……！　わ、わかってんのか、こらぁ……っ！」

「お、おい……っ。」

こめかみに青《あお》スジ立《た》てて、少年《しょうねん》はうでに力《ちから》をこめている。

陸《りく》は青《あお》ざめた。年下《としした》のチビだ。右《みぎ》うで一本《ぽん》で陸《りく》の体重《たいじゅう》をささえるなんて、できるわけがない。

ずる、ずる……ひっぱられるように、少年《しょうねん》の体《からだ》が白線《はくせん》の上《うえ》をすべった。少年《しょうねん》はつらそうに顔《かお》をゆがめ、歯《は》をかみしめている。

「お、おまえまで、落《お》ちちまうぞ――わっ！」

体《からだ》がふわっと浮《う》いた。白線《はくせん》のはしがくずれたのだ。少年《しょうねん》もろとも空中《くうちゅう》に投《な》げだされる。

「くっ！」

少年《しょうねん》が両足《りょうあし》のつま先《さき》を白線《はくせん》にひっかけてこらえる。

足先《あしさき》に、二人分《ふたりぶん》の体重《たいじゅう》が集中《しゅうちゅう》した。

陸《りく》をつかむ少年《しょうねん》の手《て》が、白《しろ》くなっていく。足《あし》がみしみしと音《おと》をたてる。

「ん、ぎぎぎぎっ……っ！」

「……も、もういい！　よせ！」

たまらず、陸《りく》はさけんだ。

「はなせよ！　おまえまで落《お》ちちまうだろ！」

「ぐっうう……おことわりだ……！」

少年《しょうねん》はうめくと、左手《ひだりて》をそろそろと自分《じぶん》の背中《せなか》へまわした。

コートの下《した》のランドセルのすき間《ま》に手《て》をつっこみ、ごそごそと中《なか》を探《さぐ》っている。

「ばかやろう！　はなせよ！　おまえは関係《かんけい》ないだろ！」

カエリミチにまよいこんだのは、陸《りく》だ。

少年《しょうねん》の忠告《ちゅうこく》を聞《き》かなかったのも、陸《りく》だ。

だから死《し》ぬのは陸《りく》だけでいい。少年《しょうねん》はまきこまれただけだ。

だれもまきこまれたくなんかないのに。


中学校《ちゅうがっこう》ではそうだった。陸《りく》へのいじめがはじまったとき、クラスメイトたちは、ごめんな、まきこまれたくないよ、って目《め》で、陸《りく》を見《み》た。

陸《りく》には、その気持《きも》ちがわかった。みんな、冷《つめ》たいわけじゃない。ただ、そういうもんだよなって思《おも》っただけだ。

だから陸《りく》は助《たす》けをあきらめて、ひとりぼっちでたえることにした。

だって、みんなにも、こいつにも、おれのことなんて、なんの関係《かんけい》もないことなんだから……。

「――なにいってやがる！　関係《かんけい》なくねえよ！　……あく手《しゅ》、したろうがっ！」

少年《しょうねん》は、ランドセルの中《なか》を探《さぐ》りながら、どなった。

「………。」

「オレは、一度《ど》あく手《しゅ》したやつは、うらぎらねえっ！　ぜったい、無事《ぶじ》に家《いえ》まで送《おく》りとどけるって、決《き》めてんだよ！　――つかめっ。」

ランドセルからなにかをとりだすと、ひとふりしてほどき、陸《りく》のほうへ下《お》ろした。

先《さき》っぽにかぎ爪《づめ》がついた――ロープだった。陸《りく》はあわててつかんだ。

「あきらめんじゃねえ！　祈《いの》っとけ！　ぜったい、家《いえ》に帰《かえ》れるからよ！」

少年《しょうねん》は、かぎ爪《づめ》のついたロープの先《さき》をぐるぐる回《まわ》すと――放《ほう》りなげた。がけの上《うえ》、向《む》こうにならんだ建物《たてもの》のほうへ向《む》けて。

つぎの瞬間《しゅんかん》、足場《あしば》がくずれた。体《からだ》が浮《う》いた。

二人《ふたり》で空中《くうちゅう》に放《ほう》りだされる――

――ガクンッ

また止《と》まった。

ぐるんとロープが大《おお》きくゆれて、がけにたたきつけられた。目《め》から火花《ひばな》が散《ち》る。

ロープをはなさなかったのは、奇跡《きせき》だった。

見上《みあ》げると、数《すう》メートル落《お》ちたが、それだけだった。

二人《ふたり》はロープにつかまって、がけの真《ま》ん中《なか》あたりにぶらさがっていた。

「へへっ。ほら、ちゃんとひっかかった。なんとかなるもんだろ？」

商店街《しょうてんがい》にならんだ店《みせ》。その店先《みせさき》におかれていた立《た》て看板《かんばん》かなにかに、かぎ爪《づめ》はひっかかったようだった。

両手《りょうて》でロープをつかみ、がけに足《あし》をつけた。なんとかふんばれそうだ。

「ロッククライミングして家《いえ》に帰《かえ》る……なかなかいい経験《けいけん》だろ？」

少年《しょうねん》は陸《りく》を見下《みお》ろすと、ぐっ、と親指《おやゆび》を立《た》てて笑《わら》った。

なんとか、がけの上《うえ》へはいあがると、今度《こんど》は慎重《しんちょう》に白線《はくせん》の上《うえ》を歩《ある》いた。

少年《しょうねん》につづいて、はみださないように歩《ある》いていく。がけはいつのまにか、また元《もと》の道路《どうろ》にもどっていた。

商店街《しょうてんがい》をぬけ、二人《ふたり》はほっと息《いき》をついた。

「……どうしておまえ、助《たす》けてくれたんだ?」

道路《どうろ》にへたりこんで、息《いき》をととのえながら、陸《りく》は少年《しょうねん》にそうきいた。

「どうしてって?」

「見《み》ず知《し》らずのぼくに、なんでそこまでしてくれるんだ? おまえが死《し》ぬとこだったじゃないか。」

「あれくらいで死《し》ぬほどヤワじゃねーよ。オレは帰宅請負人《きたくうけおいにん》、カエリミチのプロなんだぜ?」

ふふん、と得意《とくい》そうに胸《むね》をはってみせる。

「答《こた》えはカンタン。それが仕事《しごと》だからさ。契約《けいやく》した客《きゃく》を無事《ぶじ》に家《いえ》に帰《かえ》せなかったとあっちゃ、信用《しんよう》に関《かか》わるだろ?」

「……信用《しんよう》って、だれのさ。」

「オレのだよ。オレの、オレに対《たい》する信用《しんよう》に関《かか》わるんだ。」

とうぜんだろ？　というように陸《りく》を見《み》やった。

頭《あたま》のうしろに手《て》をやってつづけた。

「それにさ、昔《むかし》、小学校《しょうがっこう》で教《おそ》わったんだ。」

「……なにを？」

「『こまってる人《ひと》がいたら、力《ちから》になりましょう』ってな。」

少年《しょうねん》は、ぐっ、と親指《おやゆび》を立《た》てて笑《わら》った。


陸《りく》はさっきまで、考《かんが》えていた。

先生《せんせい》たちはどうして本当《ほんとう》のことを教《おし》えてくれなかったんだろう、って。

でも、ちがったんだ。ちゃんと教《おそ》わっていたんだ。本当《ほんとう》に大事《だいじ》なことを。

陸《りく》は、そう思《おも》った。

▼▼▼▼▼▼ドドドドドド▼▼▼▼▼▼
遠《とお》くからバイクの音《おと》が近《ちか》づいてきた。

「くっそお、あんにゃろうめ。ほんと、しつけえの。」

少年《しょうねん》は舌《した》うちした。

「やべえな。バイクが入《はい》ってこれないような道《みち》、ここらにねえぞ。まともに逃《に》げても、追《お》いつかれちまう。」

「……さっきのあれ、使《つか》えないかな？」

陸《りく》はそういって、道《みち》の向《む》こうを指《ゆび》さした。

助《たす》けられてばかりじゃない。おれの帰《かえ》り道《みち》だ。おれがやんなきゃ。

指《ゆび》の先《さき》にあるのは、チカチカとランプを点滅《てんめつ》させる……歩行者用信号機《ほこうしゃようしんごうき》。

「……なるほど、いい考《かんが》えだ。反撃《はんげき》ってわけだな。」

にやりと笑《わら》う少年《しょうねん》に、陸《りく》も、にやりとうなずきかえした。

やられっぱなしは、しゃくだからな。

イチかバチか!!

陸《りく》は、電柱《でんちゅう》のうしろに身《み》をひそめ、息《いき》を殺《ころ》して待《ま》っていた。

体《からだ》がはみだして気《き》づかれないように注意《ちゅうい》する。やつをワナにはめる前《まえ》に見《み》つかったら、すぐにバイクで追《お》いつかれてジ・エンドだ。

頭上《ずじょう》の歩行者用信号機《ほこうしゃようしんごうき》を見上《みあ》げた。

信号機《しんごうき》は今《いま》、青《あお》のほうが光《ひか》っている。

タイミングが生死《せいし》を分《わ》ける。陸《りく》は信号《しんごう》の間隔《かんかく》を、頭《あたま》にきざみつける。

二《ふた》つならんだレンズの下側《したがわ》、歩《ある》くかっこうをした男《おとこ》のシルエット。七回点滅《かいてんめつ》。八回目《かいめ》のとちゅうで赤《あか》に変《か》わった。

少年《しょうねん》は、少《すこ》しはなれた歩道《ほどう》に立《た》っていた。うでを組《く》んで、胸《むね》をはっている。

オレがひきつける、心配《しんぱい》するな——そういっていたが、だいじょうぶだろうか。

相手《あいて》はバイクで、チェーンソーを持《も》っているのだ。

(――作戦《さくせん》は以上《いじょう》だ。ライダーの野郎《やろう》をやっつけたら、あとは家《いえ》まで走《はし》ればいいだけだ。距離《きょり》も近《ちか》い。一人《ひとり》で帰《かえ》れるな?)

作戦《さくせん》を立《た》てておえたあと、少年《しょうねん》はそう確認《かくにん》した。

陸《りく》がうなずくと、満足《まんぞく》そうに笑《わら》った。それから、手《て》をさしだした。

手《て》をのばす陸《りく》に、ちがうちがう、と首《くび》をふった。

(報酬《ほうしゅう》だよ、成功報酬《せいこうほうしゅう》。無事《ぶじ》に帰宅《きたく》できるってなったときに、もらうっていったろ?)

(でも、お金《かね》、ぜんぜんないんだ。学校《がっこう》のやつらに、とられちまったから……。)

(金《かね》なんていらねえよ。そんなもの、カエリミチじゃ役《やく》に立《た》たねえもん。)

少年《しょうねん》はほじほじと耳《みみ》をほじった。

(もっと役《やく》に立《た》つもの、ほしいんだよ。)

(役《やく》に立《た》つものって……なおさら持《も》ってないよ。)

(持《も》ってるさ。こんなんだよ。)

と、少年《しょうねん》はランドセルのふたを開《あ》けて、中《なか》から布《ぬの》ぶくろをとりだした。

布《ぬの》ぶくろの中《なか》には、いろんなものが入《はい》っていた。

空《あ》き缶《かん》のプルタブ。

ちぎれた消《け》しゴム。

さびた十円玉《えんだま》。

……ガラクタにしか見《み》えない。

（一番役《ばんやく》に立《た》つものっていったら……"思《おも》い出《で》"に決《き》まってるだろ？）

少年《しょうねん》は陸《りく》を見上《みあ》げて笑《わら》った。

（だれかと話《はな》したことや、いっしょにやったこと——キツイとき、そういう思《おも》い出《で》が一番役《ばんやく》に立《た》つ——オレはそう思《おも》ってるんだ。もう二度《ど》と会《あ》うことのないやつのことだって、もらった物《もの》を見《み》りゃ、いつでも思《おも》いだせるだろ。そしたら、また、がんばれるだろ。）

少年《しょうねん》は、大事《だいじ》な宝物《たからもの》でもあつかうみたいに、ひとつひとつのガラクタをとりだしては、じっと見《み》つめている。

カエリミチに住《す》んでいる、たった一人《ひとり》の子《こ》ども——少年《しょうねん》がいっていたのを思《おも》いだした。

このおかしな世界《せかい》で、ひとりぼっち。

そのガラクタにこめられた思《おも》い出《で》が、こいつのたったひとつのきずななんだ……陸《りく》はそう思《おも》った。

カバンからノートをとりだすと、少年《しょうねん》にわたしした。

少年《しょうねん》は、しばらく陸《りく》の顔《かお》とノートをくりかえしながめてから、毎度《まいど》あり、とノートを布《ぬの》ぶくろにしまいこんだ。

（おまえ、名前《なまえ》はなんていうんだ？）

（な、なんだよ、いきなり。）

少年《しょうねん》は、とまどったように陸《りく》を見《み》た。

（教《おし》えろよ。友《とも》だちの名前《なまえ》、知《し》らないなんてヘンだろ？）

(と、友《とも》だちぃ……?　ち、ちげぇよ。ただの客《きゃく》だよ。友《とも》だちとか、べつに……そんなんじゃねえし……。)

急《きゅう》におろおろしだした。さっきまでのたのもしさはどこへやら、しどろもどろになっている。

〝客《きゃく》〟と話《はな》すのは得意《とくい》でも、〝友《とも》だち〟と話《はな》すのには、なれてないんだ、こいつ。

(いいからいえよ。おれも思《おも》いだすよ。おまえのこと。)

少年《しょうねん》は、しばらく抵抗《ていこう》していたが、やがて鼻《はな》をこすりつつ、ぼそりと告《つ》げた。

(コガラシだ。……よろしく、陸《りく》。)

▼▼▼▼▼▼▼ドドドドドド▼▼▼▼▼▼▼

ひびいてきたエンジン音《おん》に、陸《りく》は意識《いしき》をひきもどされた。

顔《かお》なしライダーだ。バイクにまたがり、道路《どうろ》の向《む》こうから走《はし》ってくる。

陸《りく》は歩行者用信号機《ほこうしゃようしんごうき》を見上《みあ》げた。

ちょうど、青《あお》になったばかりだ。

「おおい、こっちだ！　こっちこい、マヌケ！　バカ！　おたんこなす！」

コガラシが、ライダーに向《む》けてぶんぶんと手《て》をふり、ザンネンな言葉《ことば》で気《き》をひいた。陸《りく》は電柱《でんちゅう》のうしろで息《いき》をひそめた。

顔《かお》なしライダーはチェーンソーをとりだし、コガラシのほうへ一直線《いっちょくせん》に向《む》かっていく。あんな挑発《ちょうはつ》にかかるなんて、意外《いがい》とおこりっぽいんだろうか。顔《かお》がないから、わかんないけど。


――ギュルルルルルルルッ！


みるみるコガラシに近《ちか》づきながら、ふりあげられるチェーンソー。

あぶないっ――思《おも》わず陸《りく》がさけびかけるのを、コガラシは手《て》をあげて止《と》めた。

チェーンソーがふりおろされる。陸《りく》は息《いき》をのんだ。

ギンッ!

かん高《だか》い音《おと》がひびいた。

ギュルルルル▼▼▼▼▼▼▼▼ル▼▼▼▼▼▼▼▼▼▼▼▼ル▼▼▼▼▼▼▼▼▼▼▼▼▼▼▼▼▼▼▼▼▼

高速回転《こうそくかいてん》していたチェーンソーの刃《は》が、みるみるのろくなっていく。

完全《かんぜん》におさえこまれ、動《うご》きを止《と》めた。

「……なめられたもんだぜ。そんななまくらチェーンソーで、この名刀《めいとう》と、はりあおうなんざ、さ。」

コガラシは、にやりと笑《わら》った。

にぎりしめた手《て》に、ぎゅうっと力《ちから》をこめ、チェーンソーを押《お》しかえしていく。

その手《て》にあるのは……雨《あま》ガサだった。

はりがねの曲《ま》がりかかったぼろぼろの雨《あま》ガサが、がっちりとチェーンソーの刃《は》を受《う》けとめていた。

「よくおぼえとけ！　こいつはな。このカサはなぁ……。」
よろめくライダーを押《お》しきって。
ぼろぼろの雨《あま》ガサを——一閃《いっせん》。
「道《みち》ばたに落《お》ちてるのをひろった——最強《さいきょう》のカサなんだよっ！」

──ザンッ

小気味《こきみ》よい音《おと》がひびいた。

ピシリ……かわいた音《おと》とともに、バイクの車体《しゃたい》にヒビが入《はい》った。顔《かお》なしライダーがとびすさる。

まるでやわらかな豆腐《とうふ》みたいだった。バイクの車体《しゃたい》はななめに斬《き》れて、道路《どうろ》にガラリと転《ころ》がった。

ふきあげるガソリンとオイルを、雨《あま》ガサを開《ひら》いて受《う》けとめて……コガラシは、つぶやく。

「また、つまらぬものを斬《き》っちまったぜ……。」

そのとき、青信号《あおしんごう》が点滅《てんめつ》をはじめた。

陸《りく》は、ふっ、と息《いき》をついた。電柱《でんちゅう》から身《み》を乗《の》りだし、声《こえ》をはりあげた。

「こっちだ！」

顔《かお》なしライダーがふりむいた。

たちまち、目標《もくひょう》を切《き》りかえたようだった。転《ころ》がったバイクをそのままにして、陸《りく》へ向《む》かって走《はし》ってくる。

チカッ、チカッ。青信号《あおしんごう》が点滅《てんめつ》している。陸《りく》は横断歩道《おうだんほどう》へ足《あし》をふみだした。

大《おお》またに足《あし》をふりあげ、急《いそ》ぎ足《あし》で。きちんと手《て》だってあげて。チカッ、チカッ。

まだ点滅《てんめつ》しているうちに。ルールにふれないうちに。

陸《りく》が向《む》こう側《がわ》に着《つ》くのと同時《どうじ》に、顔《かお》なしライダーが、陸《りく》が元《もと》いた場所《ばしょ》にたどりついた。横断歩道《おうだんほどう》へ足《あし》をふみだした。

かけてくる。陸《りく》のほうへ。

チカッ、チカッ、

チ――

信号《しんごう》が変《か》わった。

青《あお》の男《おとこ》のシルエットが、暗闇《くらやみ》にのまれるようにスウッと消《き》えた。かわりにあらわれる、直立不動《ちょくりつふどう》で立《た》った、赤《あか》の男《おとこ》のシルエット。

赤信号《あかしんごう》だ。

その瞬間《しゅんかん》だった。

――ガクンッ

顔《かお》なしライダーが、走《はし》るのをやめた。

自分《じぶん》でやめたんじゃない。足《あし》が動《うご》かなくなったのだ。まるで、両足《りょうあし》が地面《じめん》に食《く》いこんだみたいに。

陸《りく》は道路《どうろ》を見下《みお》ろした。

横断歩道《おうだんほどう》の白《しろ》いしま模様《もよう》。

その白《しろ》いしまが、まるでトラバサミのように、ライダーの足《あし》をがっちりと、はさみこんでいた。

ライダーが足《あし》を外《はず》そうともがいている。
そのわき……道《みち》の両側《りょうがわ》に立《た》った、二本《ほん》の歩行者用信号機《ほこうしゃようしんごうき》。
陸《りく》は一瞬《いっしゅん》、目《め》を疑《うたが》った。
信号機《しんごうき》の中《なか》のシルエットが、動《うご》いたのだ。
信号待《しんごうま》ちをする何千《なん》、何万《なん》もの人々《ひとびと》を、静《しず》かに見下《みお》ろしてきた〝赤信号《あかしんごう》の男《おとこ》〟。
そいつが、にゅっ――と、レンズから外《そと》へと、はいだしてきた。
ぼんやりと赤《あか》く光《ひか》る体《からだ》。
歩道《ほどう》にたたずみ、ぼうしをとって、うやうやしく一礼《れい》した。
それから、パチンと指《ゆび》を鳴《な》らした。

ブロロロロロロロロ……

どこからか、とどろくような音《おと》がひびいてきた。
大量《たいりょう》のエンジンの音《おと》だった。
陸《りく》は顔《かお》を向《む》けた。

道路《どうろ》の両側《りょうがわ》から、たくさんの車《くるま》が走《はし》ってくる。大型《おおがた》トラックの列《れつ》だ。運転席《うんてんせき》には、〝赤信号《あかしんごう》の男《おとこ》〟と同《おな》じシルエットたちが乗《の》りこみ、アクセルを全開《ぜんかい》にふみこんでいる。道路《どうろ》のはるか先《さき》まで、車《くるま》がつづいている。それらがみな、一直線《いっちょくせん》に走《はし》ってくる。

横断歩道《おうだんほどう》の真《ま》ん中《なか》でもがく、顔《かお》なしライダーへ向《む》かって。

一台目《だいめ》のトラックが、横断歩道《おうだんほどう》を通《とお》りぬけた。

──ドンッ

にぶい音《おと》がした。

顔《かお》なしライダーの体《からだ》がふっとびかけたが……足《あし》が横断歩道《おうだんほどう》にひっかかって、その場《ば》にとどまる。

つづけて二台目《だいめ》。三台目《だいめ》。…………。

──ドンッ　ドンッ　ドンッ

──ドンッ　グシャッ

――グシャッ　グシャグシャッ　ベチャッ

ぶつかりながら走《はし》る車《くるま》の列《れつ》。ひびくいやな音《おと》。

その光景《こうけい》をじっと見《み》つめる〝赤信号《あかしんごう》の男《おとこ》〟からは、なんの感情《かんじょう》も感《かん》じられない。

信号《しんごう》を〝守《まも》るやつ〟と、〝守《まも》らないやつ〟……男《おとこ》の頭《あたま》には、それしかない。

「走《はし》れっ！　陸《りく》！」

道路《どうろ》の向《む》こうからひびいたコガラシの声《こえ》に、陸《りく》ははっとした。

「家《いえ》に帰《かえ》って、玄関《げんかん》を開《あ》けろ！　大《おお》きな声《こえ》でさけぶんだ！　ただいまって！　早《はや》く行《い》けっ！」

声《こえ》にはじかれるように、陸《りく》は道路《どうろ》に背《せ》を向《む》けた。

力《ちから》いっぱい足《あし》をふみだし、走《はし》りはじめる。

「――じゃあなあっ！」

車《くるま》の音《おと》も、コガラシの声《こえ》も、すぐに遠《とお》くなって聞《き》こえなくなった。

変《か》わらない景色《けしき》

陸《りく》は走《はし》った。全力《ぜんりょく》で走《はし》った。

歩道《ほどう》をかけぬけ、角《かど》を曲《ま》がって、細《ほそ》い道《みち》をぬけて、走《はし》る。走《はし》る。こんなに走《はし》って家《いえ》に帰《かえ》るのは、はじめてだ。

ならんだ家々《いえいえ》が見《み》えてきた。住宅街《じゅうたくがい》だ。その中《なか》にちょこんと立《た》っている、空色《そらいろ》の屋根《やね》の小《ちい》さな家《いえ》。

陸《りく》の家《いえ》だ。毎日《まいにち》、帰《かえ》ってくる家《いえ》だ。毎日《まいにち》、ただいまっていう家《いえ》だ。

かけこむと、たたきつけるように門《もん》を開《あ》けた。

ポーチをつっきり、ドアノブに手《て》をかけた。

力《ちから》いっぱいドアを開《ひら》きながら――きっと今《いま》まで生《い》きてきた中《なか》で、一番大《ばんおお》きな声《こえ》で、陸《りく》はさけんだ。

「ただいまっ‼」

…………。

…………。

…………。

いつもどおりの、散《ち》らかったくつ脱《ぬ》ぎ。

いつもどおりの、ちょっとめくれた玄関《げんかん》マット。

いつもどおりの、玄関口《げんかんぐち》。

ぜえぜえと、陸《りく》はあがりきった息《いき》をととのえた。全力《ぜんりょく》で動《うご》かした足《あし》が、がくがくとふるえている。

それから、うしろをふりかえった。

暮《く》れかけた夕空《ゆうぞら》が広《ひろ》がっていた。

向《む》こうの道路《どうろ》を、車《くるま》が通《とお》りすぎていく。ふつうの車《くるま》だった。運転席《うんてんせき》にすわっているのも、ただの人《ひと》だ。

向《む》かいの家《いえ》の軒先《のきさき》で、おばさんがほうきをはいている。

息《いき》をはずませてあたりを見回《みまわ》す陸《りく》を、不思議《ふしぎ》そうに見《み》つめている。

ガチャッ、と、ドアノブの回《まわ》る音《おと》がした。陸《りく》はふりむいた。


「……いったいなにごと?」


リビングのドアが開《ひら》いて、でてきたのは……陸《りく》のお母《かあ》さんだった。

あらい物《もの》をしていたらしい。洗剤《せんざい》のにおい。ぬれた手《て》をエプロンでぬぐいながら、まゆをひそめて陸《りく》を見《み》ている。

「大声《おおごえ》ださないでよ。びっくりするじゃないの。」

「…………。」

「……やだ、ちょっと。よごれてるじゃないの。どこ通《とお》って帰《かえ》ってきたのよ?」

息《いき》をあらげた陸《りく》をよそに、お母《かあ》さんは早口《はやくち》でまくしたてはじめる。

――まったくもう。こんなによごして、洗濯《せんたく》が大変《たいへん》じゃない。

——ちょっと、これ、さけちゃってるじゃない。フェンスにでもひっかけたの？

——もう中学生《ちゅうがくせい》だっていうのに、男《おとこ》の子《こ》はこれだからね……。制服《せいふく》だって、タダじゃないいんですからね！

くどくど、くどくど……。お母《かあ》さんは、小言《こごと》をひとしきりならべたてた。

それから、気《き》づいたようにやめた。陸《りく》を見《み》つめた。

だって、一番大事《ばんだいじ》なことをいいわすれていたから。

帰宅《きたく》した子《こ》どもに一番《ばん》にかける、大切《たいせつ》な言葉《ことば》を。

何百回《なんかい》も聞《き》いたその言葉《ことば》なのに。

陸《りく》には、お母《かあ》さんのその言葉《ことば》が、なみだがでるほどうれしかった。

「……おかえりなさい、陸《りく》。」

カエリミチ図鑑《ずかん》

※危険《きけん》のレベルはS（スペシャル危険《きけん》）にはじまり、A（危険《きけん》）、B（そこそこ危険《きけん》）、C（安全《あんぜん》）をしめします。
なお、+、−はそれぞれのレベルの強《つよ》め、弱《よわ》めをあらわします。

File No. 01

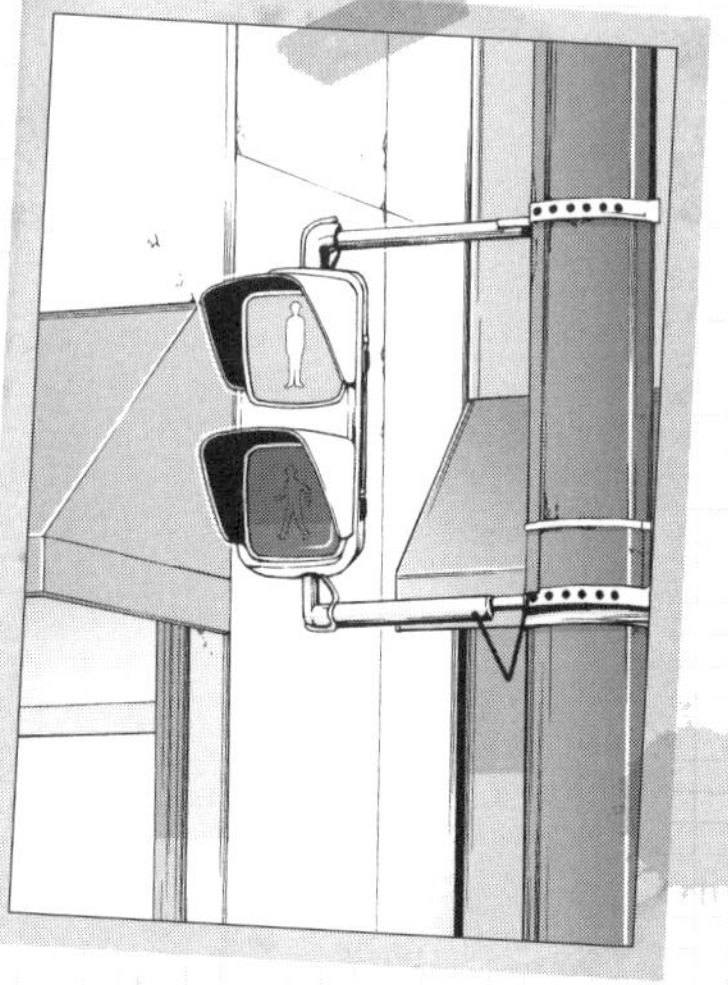

名称《めいしょう》：赤信号《あかしんごう》

データ DATA

ぎせい者数《しゃすう》：S

死亡率《しぼうりつ》：S

総合危険度《そうごうきけんど》
B+
DANGER!!

ぎせい者数《しゃすう》1、2をあらそうカエリミチのトラップ。レンズの中《なか》にすみついた「赤信号《あかしんごう》の男《おとこ》」が、横断《おうだん》する人間《にんげん》を残酷《ざんこく》な拷問《ごうもん》にかける。そのたびに信号《しんごう》は血《ち》のような赤色《あかいろ》にそまるという。交通《こうつう》ルールを守《まも》っていれば、危険《きけん》はない。

File No. 02

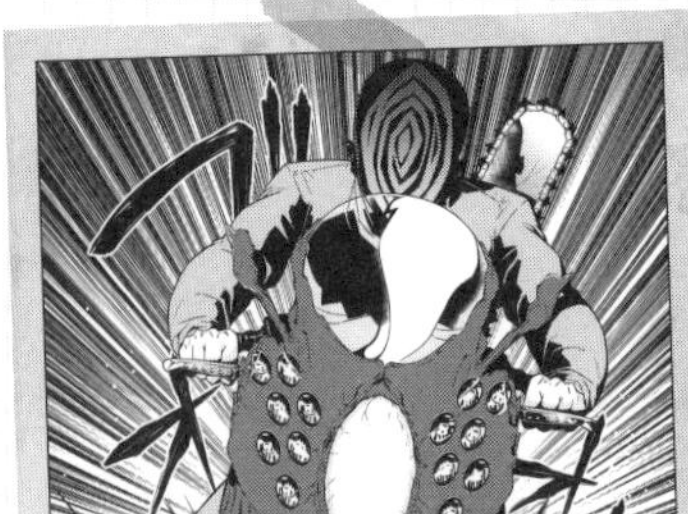

名称《めいしょう》：顔《かお》なしライダー

データ DATA

ぎせい者数《しゃすう》：B+

死亡率《しぼうりつ》：A

総合危険度《そうごうきけんど》
A
DANGER!!

カエリミチにまよいこんだ子《こ》どもをおそうハンター。つかまえた子《こ》どもの数《かず》だけ、バイクにステッカーをはりつけている。バイクの機動力《きどうりょく》が高《たか》く、しつこい性格《せいかく》なので、一度目《どめ》をつけられると逃《に》げきることはむずかしい。

第《だい》二話《わ》

あの世《よ》行《い》き列《れっ》車《しゃ》

⚠警《けい》告《こく》

カエリミチデ　デンシャヲノリマチガッタラ
スグニノリカエテ　ヒキカエサネバナラナイ……

ぜんぜん止《と》まらない……

「なあ、話聞《はなしき》いてくれよぉ。このままだと、おまえ、あぶないんだってばぁ。」

うったえかける少年《しょうねん》に、渡瀬《わたせ》さくらは、完全《かんぜん》ムシを決《き》めこんだ。

めんどうごとに首《くび》をつっこむと、ろくなことにならない。

目《め》をつぶって、知《し》らんぷりするのが正《ただ》しい。

十三年《ねん》の人生《じんせい》で、ようやくそっちが正解《せいかい》とわかったのだ。

完全《かんぜん》スルーでなかったことにしてしまえば、めんどうごとのほうだって、あきらめて去《さ》っていってくれるはず。

さくらは、そう信《しん》じて、寝《ね》たふりを決《き》めこむことにした。

「くっそお。どいつもこいつも、現実《げんじつ》を受《う》けとめやがらねぇんだから。ムシすんなよ。夢《ゆめ》じゃねえんだってば。起《お》きてるんだろ？　返事《へんじ》してくれよぉ……。」

ゆっさ、ゆっさと少年《しょうねん》がさくらの肩《かた》をゆらし、ぐにゅうとほおをつねってくる。

さくらは目《め》をとじ、寝《ね》たふりをつづける。


ガタン、ゴトン……


電車《でんしゃ》は規則正《きそくただ》しくゆれながら、線路《せんろ》を走《はし》りつづけていた。

この四月《がつ》に中学校《ちゅうがっこう》に上《あ》がってから、通学《つうがく》のために一日《にち》二回《かい》、さくらはこの電車《でんしゃ》に乗《の》っている。学校《がっこう》の最寄《もよ》り駅《えき》と、自宅《じたく》の最寄《もよ》り駅《えき》のあいだを往復《おうふく》する。

ふだんなら、ケータイでもいじってすごすうちに、すぐに駅《えき》に着《つ》く。

でも、今日《きょう》は……。

いいや、考《かんが》えるのはやめておこう。知《し》らんぷりだ。

だってこんなこと、あるはずがないんだから。

「ムシしないでくれよ……。オレ、そういうの、一番《ばん》きずつくんだよぉ……。」

よびかける少年《しょうねん》の声《こえ》は、だんだんなさけなくなってきた。

「うう、かなしくなってきた。わかる？　おまえがムシするから、オレ、かなしくなってきたよ。泣《な》きそうだ。なあ、返事《へんじ》してくれないと、オレ、泣《な》きそうだよ？」

――しつこい。

さくらはうんざりしてため息《いき》をつくと、ようやく目《め》を開《ひら》いた。

「……あ、ほら。やっぱ、聞《き》こえてるじゃんか。」

泣《な》きまねしていた少年《しょうねん》は、してやったり、と笑《わら》った。

さくらがもう一度目《どめ》をとじかけると、こらっ、と、またさくらのほおをつまもうとする。

パチン――らんぼうに手《て》をふりはらわれて、不満《ふまん》げにくちびるをつきだした。

「なんだよ。ひどいやつだな」

「人《ひと》のほおをつねるのが悪《わる》いんじゃない。」

「人《ひと》をムシするのは悪《わる》くないのかよ？」

さくらはそっぽを向《む》いた。

「なんだよ。オレ、親切《しんせつ》で声《こえ》かけてやってたのに。……いいさ。おまえがそういうたいどなら、もう、しらね。おまえがどうなっても、し～らね。」

すねたようにくちびるをとがらせ、少年《しょうねん》もそっぽを向《む》いた。

「オレがいなけりゃ、こまるのはおまえなんだぞ。何度《なんど》もいってるように……おまえ、カエリミチにまよいこんじまってるんだかんな。」


ガタン、ゴトン……


ゆれる電車《でんしゃ》の音《おと》。座席《ざせき》ごしに伝《つた》わる振動《しんどう》。

いつも乗《の》ってる帰《かえ》りの電車《でんしゃ》の、最後尾車両《さいこうびしゃりょう》。

いつもは、こんでいて、すわれないくらいなのに、今《いま》はさくらと少年以外《しょうねんいがい》、だれも乗《の》っていなかった。

いつもなら、発車《はっしゃ》してから家《いえ》の最寄《もよ》り駅《えき》までにかかる時間《じかん》は、ほんの十分《ぷん》。

今日《きょう》は、すでに一時間以上《じかんいじょう》がすぎていた。なのに電車《でんしゃ》はつぎの駅《えき》にすら、たどりつかずに、ただひたすらに走《はし》りつづけている。

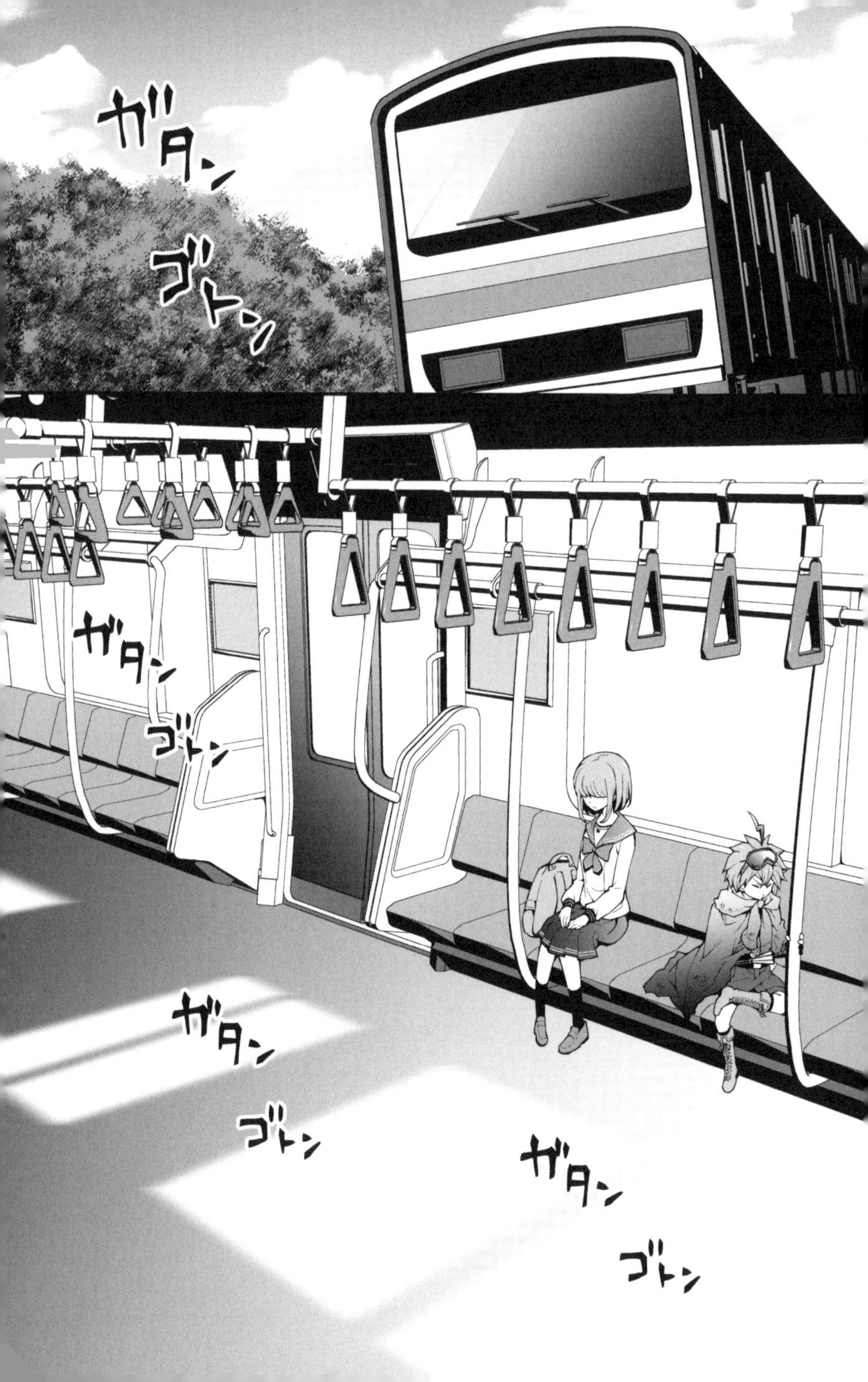
ガタン
ゴトン
ガタン
ゴトン
ガタン
ゴトン
ガタン
ゴトン

ありえないことが、起《お》こっているのだった。

（さくらちゃん。こわいものを見《み》たり、こわいところに着《つ》いてしまったときはね。）

まだ幼稚園《ようちえん》のころ、おばあちゃんにいわれたことを思《おも》いだした。

おかしなものが見《み》えたり、いつのまにか見知《みし》らぬ場所《ばしょ》にまよいこんでしまうことが、子《こ》どものころからよくあった。

そんなとき、泣《な》いてこわがるさくらの頭《あたま》を、おばあちゃんは、やさしくなでてくれたのだ。

（そういうときはね、さくらちゃん。目《め》をつぶって、知《し》らんぷりしてなさい。そしたら、こわいものは、そのうちどっかに行《い》っちゃうからね。）

さくらは、おばあちゃんのその教《おし》えを守《まも》った。

だから、なにかがおかしいと思《おも》っても、じっと目《め》をつぶって、見《み》ないようにしていたのに……。

「……この列車《れっしゃ》はな、〝魔列車《まれっしゃ》〟ってんだ。」

そっぽを向《む》いたまま、少年《しょうねん》がぼそりといった。

「カエリミチの交通機関《こうつうきかん》の一《ひと》つなんだ。死《し》んだ人間《にんげん》を、あの世《よ》へ連《つ》れていく列車《れっしゃ》だ。このまま乗《の》りつづけてたら、おまえ、死《し》んじゃうんだかんな。……ま、オレには関《かん》係《けい》ねーけど。」

フンッ、と、まどの向《む》こうに目《め》を向《む》ける。

そのとき、ブツッ、とノイズ音《おん》がひびきわたった。車内《しゃない》アナウンスのマイクがオンになったのだ。

『つぎは～　三途《さんず》の川《かわ》ぁ～、三途《さんず》の川《かわ》ぁ～。賽《さい》の河原《かわら》にご用《よう》のかたは、モノレール賽《さい》の河原行《かわらい》きへお乗《の》りかえくださ～い。つぎは～　三途《さんず》の川《かわ》ぁ～、三途《さんず》の川《かわ》ぁ～。』

「……ぐずぐずしてると、着《つ》いちまうぜ。」

少年《しょうねん》は、まどの向《む》こうを指《ゆび》さした。さくらはそちらへ目《め》を向《む》けた。

いつもの車窓《しゃそう》の景色《けしき》はなかった。ふつうの電車《でんしゃ》から見《み》える、ふつうの風景《ふうけい》は。まどの外《そと》に、うす暗《ぐら》い森《もり》が広《ひろ》がっていた。木々《きぎ》がうっそうと、天《てん》までのびた――ジャングルだ。アマゾンの奥地《おくち》のような、日本ではありえない風景《ふうけい》。その中《なか》を、列《れっ》車《しゃ》はガタンゴトンと走《はし》っている。

少《すこ》し走《はし》ると、一面《めん》の雪景色《ゆきげしき》に変《か》わった。まるで北極《ほっきょく》だ。ふぶきであたりが真《ま》っ白《しろ》になり、遠《とお》くでオーロラが光《ひか》っている。

さらに走《はし》ると、今度《こんど》は砂漠《さばく》にでた。赤茶《あかちゃ》けた砂《すな》の広《ひろ》がる大地《だいち》を、列車《れっしゃ》は走《はし》っていく。そこをぬけると、きみょうな形《かたち》の岩《いわ》がならぶ洞《どう》くつにでた。そこをぬけると、深海魚《しんかいぎょ》のおよぐ海底《かいてい》。そこをぬけると、大量《たいりょう》の水《みず》が落《お》ちつづける大《おお》きな滝《たき》。そこをぬけると……。

真《ま》っ暗《くら》な空間《くうかん》にでた。

見《み》わたすかぎりの暗黒《あんこく》の中《なか》を、列車《れっしゃ》は走《はし》っていく。

下方《かほう》に、一筋《ひとすじ》の川《かわ》が流《なが》れているのが見《み》えた。

左右《さゆう》にうねりながら、はるか向《む》こうまでつづいていく大河《たいが》。

「……あれが〝三途《さんず》の川《かわ》〟ってやつだ。」

少年《しょうねん》がいった。

「聞《き》いたことあるだろ？　人《ひと》が死《し》ぬときにわたるっていう、この世《よ》とあの世《よ》とを分《わ》けている川《かわ》だよ。あの川《かわ》のふもとに、駅《えき》があるんだ。その駅《えき》の先《さき》が、あの世《よ》。このまま乗《の》ってたら、おまえ、死《し》んじまうんだかんな。」

少年《しょうねん》は意地悪《いじわる》く、つけたした。

「……ま、オレには関係《かんけい》ねーけどな。」

さくらは、カバンをつかんで席《せき》を立《た》った。

車両《しゃりょう》のドアの前《まえ》に立《た》ち、横《よこ》にひっぱる。ドアはびくともしない。

「走行中《そうこうちゅう》のドアは開《ひら》かねえよ。」

さくらは、ドアのわきにあった非常用《ひじょうよう》のドアコックをつかんだ。

「走《はし》ってる列車《れっしゃ》からとびおりて、それこそ生《い》きてられると思《おも》うか？」

「……じゃあ、どうすればいいの？」

「しーらね。」

ガタン
ゴトン
ガタン
ゴトン

たくさんだった。

なみだがこみあげてきた。


こっちが目《め》をつぶって知《し》らんぷりしていたって、こわいものはなくならない。向《む》こうも知《し》らんぷりして、通《とお》りすぎてくれるとはかぎらない。

小学校《しょうがっこう》に上《あ》がったさくらは、泣《な》きながらおばあちゃんに、そううったえた。

（そうね、そういうこともあるわね。）

おばあちゃんはにっこり笑《わら》って、こわがるさくらの頭《あたま》をなでた。

（それじゃあ、今度《こんど》は、考《かんが》えかたを変《か》えてみましょうか。今度《こんど》は知《し》らんぷりするんじゃなくて、自分《じぶん》から関《かか》わってみるの。）

おばあちゃん、前《まえ》といってることが逆《ぎゃく》！

泣《な》きながら抗議《こうぎ》するさくらを、おばあちゃんはニコニコと受《う》けながして、

（勇気《ゆうき》をだして、自分《じぶん》のほうから話《はな》しかけてみて。そうしたら、こわいものはこわいものじゃなくて、さくらちゃんの味方《みかた》になってくれるかもしれない。）

——それって、ステキでしょう？

とても納得《なっとく》はいかなかったけれど、やっぱりさくらは、おばあちゃんのその教《おし》えを守《まも》ることにしたのだった。


さくらはハンカチでなみだをふくと、座席《ざせき》へもどった。

少年《しょうねん》はそっぽを向《む》いたままだ。口《くち》をひきむすび、さくらを見《み》ようとしない。

さくらはピンと背《せ》すじをのばし、ひざの上《うえ》に手《て》をやった。

「わたしは、渡瀬《わたせ》さくら。桜路中学校《さくらみちちゅうがっこう》一年《ねん》A《エー》組《ぐみ》、出席番号《しゅっせきばんごう》二十七番《ばん》。……さっきはムシして、ごめんなさい。」

自己紹介《じこしょうかい》して、ぺこり、と頭《あたま》を下《さ》げた。

少年《しょうねん》は、いごこち悪《わる》そうに、ぽりぽりと頭《あたま》をかいて、

「……オレも、いきなり、つねって悪《わる》かったよ。クセなんだ。……ごめん。」

ちょこんと頭《あたま》を下《さ》げる。

「あらためて、教《おし》えて。あなたは何者《なにもの》なの？　カエリミチってなんなの？」

「カエリミチっていうのは、子《こ》どもが家《いえ》に帰《かえ》るとちゅうにひそむ、裏《うら》の世界《せかい》のことだ。表《おもて》の世界《せかい》──いつもの帰《かえ》り道《みち》、には存在《そんざい》しないバケモノやワナが、平気《へいき》な顔《かお》して転《ころ》がってる世界《せかい》だ。」

少年《しょうねん》は、なれた調子《ちょうし》で説明《せつめい》した。

「オレは、そんなカエリミチにまよいこんだ子《こ》どものサポートをやってる。プロの帰宅請負人《きたくうけおいにん》だ。業界実績《ぎょうかいじっせき》、ナンバーワン。オレと契約《けいやく》した子《こ》どもは、みんな無事《ぶじ》に家《いえ》まで帰《かえ》ってる。」

得意《とくい》そうに胸《むね》をはってみせる。

「ま、それなりの成功報酬《せいこうほうしゅう》はいただくけどな。仕事《しごと》なもんで。」

「……エッチなこととかじゃないよね?」

「──ば、バカっ！　お、おまえ、なにいってやがんだっ！　なんてやつだ……。タイホされるぞ……！」

イスからずりおちかけた少年《しょうねん》を見《み》やり、危険《きけん》はなさそうかな、とさくらは判断《はんだん》した。今日《きょう》びの女子中学生《じょしちゅうがくせい》、警戒心《けいかいしん》がないとやっていけないのですよ。

「……ちなみに名前《なまえ》は、コガラシってんだ。へへ。」

なぜか、はずかしそうに鼻《はな》の下《した》をこすりながら名乗《なの》る。よくわからない。

「ともかく、納得《なっとく》したか？　そしたら契約《けいやく》のあく手《しゅ》だ。契約《けいやく》はあく手《しゅ》で開始《かいし》ってのが、オレのやりかたなんだ。」

「トイレに入《はい》ったとき、手《て》はあらってる？」

「気《き》が向《む》いたらな！」

「……あく手《しゅ》以外《いがい》の契約方法《けいやくほうほう》はない？」

「あらったよ！　前入《まえはい》ったときは、あらったってば！」

ようやく、さくらはあく手《しゅ》をかわした。少年《しょうねん》は、これだから女《おんな》は苦手《にがて》なんだ……と肩《かた》を落《お》とした。

「ともかく、契約開始《けいやくかいし》だ。家《いえ》に帰《かえ》るぞ。……やるべきことは、カンタンなんだ。おまえは今《いま》、本当《ほんとう》なら乗《の》るべきではない列車《れっしゃ》に乗《の》っちまってる。こういうとき、どうする？　そう、とちゅうの駅《えき》で下車《げしゃ》して、正《ただ》しい列車《れっしゃ》に乗《の》りなおすだろ。」

少年《しょうねん》――コガラシは流《なが》れるように説明《せつめい》する。どうも仕事《しごと》の話《はなし》となると、口《くち》がなめらかになるらしい。

「魔列車《まれっしゃ》でも、同《おな》じことをすればいいんだ。つまり、あの世《よ》に行《い》かないように、とちゅうの三途《さんず》の川駅《かわえき》で降《お》りて、そしてこの世《よ》へもどる列車《れっしゃ》に乗《の》りなおすってわけだ。……乗車券《じょうしゃけん》、持《も》ってるよな？」

コガラシにきかれ、さくらは上着《うわぎ》のポケットに手《て》をつっこんだ。

ピンクのパスケースをとりだす。中《なか》には、通学用《つうがくよう》の定期券《ていきけん》が入《はい》っている。

「そいつが重要《じゅうよう》だ。魔列車《まれっしゃ》では、現世《げんせ》行《い》きの乗車券《じょうしゃけん》――その定期券《ていきけん》を持《も》ってるってことが、おまえがまだ生《い》きてるっていう、証明《しょうめい》になるんだ。区間《くかん》を見《み》てみろ。」

いわれて、さくらは定期券《ていきけん》を見《み》つめた。

乗車区間《じょうしゃくかん》をしめす駅名《えきめい》の部分《ぶぶん》が、いつもとちがうものになっていた。

家《いえ》最《も》寄《よ》り ↕ 学校《がっこう》最《も》寄《よ》り

「それは、現世線《げんせせん》の家最寄《いえもよ》り駅《えき》と、学校最寄《がっこうもよ》り駅《えき》の区間乗車券《くかんじょうしゃけん》なんだ。ほら、あれ

が路線図《ろせんず》だ。」

と、乗降《じょうこう》とびらの上《うえ》にはられた路線《ろせん》図《ず》を指《ゆび》さした。路線図《ろせんず》にはたくさんの駅名《えきめい》がならんでいる。

　コガラシが指《ゆび》さすあたりの駅名《えきめい》を、さくらは一《ひと》つ一《ひと》つ、読《よ》みあげていった。

「学校最寄《がっこうもよ》り、家最寄《いえもよ》り、三途《さんず》の川《かわ》、地獄道《じごくどう》、餓鬼道《がきどう》、畜生道《ちくしょうどう》、修羅道《しゅらどう》、人間道《にんげんどう》、天道《てんどう》……。」

「おまえの降《お》りるべき駅《えき》は、家最寄《いえもよ》り駅《えき》だ。だから、つぎの三途《さんず》の川駅《かわえき》で下車《げしゃ》して、逆方面《ぎゃくほうめん》の列車《れっしゃ》に乗《の》りかえるんだ。各駅停車《かくえきていしゃ》に乗《の》って一駅《ひとえき》。

それでおまえは帰《かえ》れる。カンタンだろ?」
コガラシは、また得意《とくい》そうに胸《むね》をはって、いらない知識《ちしき》をつけくわえた。
「ちなみにオレ、全路線全駅《ぜんろせんぜんえき》名《めい》、暗唱《あんしょう》できるんだぜ?」
さくらは、ため息《いき》をついた。
どうやら、予想以上《よそういじょう》にとんでもない世界《せかい》に、まよいこんでしまったみたいだ。
「注意点《ちゅういてん》が二《ふた》つ。一《ひと》つは、まちがいなく三途《さんず》の川駅《かわえき》で降《お》りて乗《の》りかえることだ。三途《さんず》の

川駅《かわえき》から向《む》こうは、現世線《げんせせん》から六道線《ろくどうせん》への直通運転《ちょくつううんてん》になってるんだ。一度向《どむ》こうに入《はい》ると、現世《げんせ》にはもどれなくなっちまう。」

「そのまま乗《の》ってたらどうなるの？」

「正《ただ》しい乗車券《じょうしゃけん》を持《も》ってないと、駅《えき》に着《つ》いても改札《かいさつ》からでられない。だから列車《れっしゃ》でどこまでも進《すす》んでいくしかないが……はるか先《さき》の終点《しゅうてん》に、なにがあるのかは、だれも知《し》らねえ。なにもない……〝無《む》〟なのかもしれねえ。」

さくらは、ごくりと息《いき》をのんだ。

「だからまちがいなく、三途《さんず》の川駅《かわえき》で降《お》りるんだ。そのために、これから車掌《しゃしょう》に事情《じじょう》を説明《せつめい》しに行《い》く。たまに乗降客《じょうこうきゃく》がいないと思《おも》って、停車《ていしゃ》せずに行《い》っちゃうときがあるからな。車掌《しゃしょう》は先頭車両《せんとうしゃりょう》にいる。」

「わかったわ。」

「注意点《ちゅういてん》の二《ふた》つめ。これから車両《しゃりょう》を移動《いどう》するが、ほかの乗客《じょうきゃく》も乗《の》ってる。自分《じぶん》がまだ生《い》きた人間《にんげん》だっていうことは、そいつらには気《き》づかれないようにするんだ。その定期券《ていきけん》も、ほかのやつに見《み》せるな。」

「どうして？」

「それは……。」

と、コガラシはうでを組《く》んで考《かんが》えこんだ。

見《み》ために似《に》あわず、むずかしいことをつぶやいた。

「人間《にんげん》ってのは、業《ごう》の深《ふか》い生《い》き物《もの》だからだよ。」

さくらは、ピンクのパスケースをもとどおり上着《うわぎ》のポケットにしまうと、コガラシの横《よこ》にならんで歩《ある》きはじめた。

にぎやかな車内《しゃない》

列車《れっしゃ》の連結《れんけつ》とびらを横《よこ》にすべらせ、二人《ふたり》は前《まえ》の車両《しゃりょう》にふみこんだ。

座席《ざせき》のあちこちから、ボソボソと、ささやくような話《はな》し声《ごえ》が聞《き》こえてくる。

乗客《じょうきゃく》がいるようだった。

「……ほかの乗客《じょうきゃく》と、目《め》をあわさないようにするんだ。しずかに、気《き》をひかないように、あっちの連結《れんけつ》とびらまで行《い》くんだ。」

コガラシは、じっとゆかを見下《みお》ろしていった。

「なにか話《はな》しかけられても、返事《へんじ》したらだめだ。あいつらの言葉《ことば》に返事《へんじ》しちまったら最後《さいご》……大変《たいへん》なことになる。」

コガラシは顔《かお》を青《あお》ざめさせ、ぶるるっ、と体《からだ》をふるわせた。さくらは、ごくりと息《いき》をのんだ。

二人《ふたり》は連《つ》れだって歩《ある》きはじめた。

顔《かお》をふせ、左右《さゆう》にならんだ座席《ざせき》の真《ま》ん中《なか》をつっきっていく。

じ――……

視線《しせん》を感《かん》じた。

乗客《じょうきゃく》たちが、通《とお》りすぎていく二人《ふたり》を見《み》つめている。

ひそひそ、ひそひそ……。

ささやきが聞《き》こえる。小《ちい》さな声《こえ》で、なにをいっているかはわからない。

「……急《いそ》ぐな。なんでもない感《かん》じで歩《ある》くんだ。」

思《おも》わず早足《はやあし》になったさくらのスカートをつかみ、コガラシが小声《こごえ》でつぶやいた。

「安心《あんしん》しろ。オレがいる。おまえのことは、命《いのち》にかえても守《まも》る。心配《しんぱい》いらねえ。」

さくらは、ほおが熱《あつ》くなった。

たのもしさに、深《ふか》くうなずく。歩調《ほちょう》をととのえる。

「その調子《ちょうし》だ。だいじょうぶ。落《お》ち着《つ》いて歩《ある》けば、ぜんぜん心配《しんぱい》いらな――」

い、のところで、電車《でんしゃ》がガタンとゆれた。さくらはとっさに手《て》をのばし、つり革《かわ》をつかんだ。

コガラシは手《て》をのばし、さくらのスカートをつかんだ。さくらはきれいにコガラシの手《て》をふりはらった。

べたーん！

コガラシは顔面《がんめん》からゆかにたおれこんだ。

いってえええっ！　車両中《しゃりょうじゅう》にひびきわたる声《こえ》でわめく。

「あらあら、たいへん。だいじょうぶ？　ぼく。」

わきの座席《ざせき》から、声《こえ》がひびいた。

「あ、ああ。ちょっと打《う》っただけ。だいじょうぶ。くそお、さくら、ひでえじゃんか。なんでふりはらうんだよ……。」

コガラシは鼻先《はなさき》をおさえて、うなずき……。

あ、と口元《くちもと》をひきつらせた。

「しまった。返事《へんじ》しちゃった……。」

前言撤回《ぜんげんてっかい》。やっぱりたのもしくなんかなかった。そして、女の子《おんなのこ》のスカートを、つり革《かわ》がわりにするんじゃない。

「……ケガしなかった？　ぼく。」

また座席《ざせき》から声《こえ》がよびかけた。

おっとりしていて、聞《き》いていると安心《あんしん》するような声《こえ》だ。

さくらは顔《かお》を上《あ》げ、おそるおそる座席《ざせき》をのぞきこんだ。

すわっていたのは、おばあさんだった。白《しろ》い着物《きもの》を上品《じょうひん》に着《き》こなし、心配《しんぱい》そうにコガラシを見《み》やっている。

「ひざ、すりむいてない？　気《き》をつけてね。この魔列車《まれっしゃ》、けっこうゆれるから。」

やんちゃな孫《まご》の心配《しんぱい》でもするような、思《おも》いやりに満《み》ちた口調《くちょう》だ。

「まあ、だいじょうぶだ。なんたって、もう死《し》んでるしな。二度《ど》、死《し》にはしねえ。」

向《む》かいにすわったおじいさんが、陽気《ようき》な顔《かお》で笑《わら》った。

「そんな若《わか》さで死《し》んじまうなんて、無念《むねん》だったな、ぼうず！　だが男《おとこ》なら落《お》ちこむな。あの世《よ》がおまえを待《ま》っている！」

ガハハ、と笑《わら》ってお茶《ちゃ》をすする。二人《ふたり》のすわった座席《ざせき》には、おいしそうなおだんご の皿《さら》がのせられている。

「ちょうどみんなで、生前《せいぜん》の話《はなし》に花《はな》を咲《さ》かせてたところだったの。あなたたちも、いっしょに話《はな》さない？」

どこかべつの座席《ざせき》でおばあさんの声《こえ》がして、

「いいわね！　年寄《としよ》りばかりで、しんきくさかったのよ。おしゃべりしましょ！」

またべつの声《こえ》がこたえた。

車内《しゃない》は、いっぺんにさわがしくなった。

あちこちの座席《ざせき》から、乗客《じょうきゃく》たちが、さあ自分《じぶん》の話《はなし》を聞《き》けとばかりに、声《こえ》をはりあげはじめたのだ。

コガラシが、はあーっ……と肩《かた》を落《お》とした。

「……もしかして、『返事《へんじ》をしたら大変《たいへん》なことになる』って……。」

「ああ。死者《ししゃ》っていうのは、たいてい――すっげえ、話好《はなしず》きなんだ……！」

コガラシは顔《かお》を青《あお》ざめさせ、ぶるるっ、と体《からだ》をふるわせた。

「一度《ど》でもこっちが返事《へんじ》をすると、もうオッケーだよね☆ って感《かん》じで、しゃべりまくってくる！ 死《し》ぬ間際《まぎわ》の話《はなし》とか、葬式《そうしき》の様子《ようす》とか、大《おお》げさなストーリーにして、えんえんと語《かた》ってくる……！ ただでさえ、じいちゃんばあちゃんって話長《はなしなが》いのに、死《し》んで時間《じかん》あまりまくってるから、キリがねえ……。すっげえ、たいくつになるんだ！ おそろしいぜ……っ！」

「…………。」

わなわなとふるえるコガラシの頭《あたま》に、さくらは無言《むごん》でチョップを落《お》とした。

「ってえ！」

「まったくもう。ビビってソンしたじゃないの。てっきり、返事《へんじ》をしたらむりやりあの世《よ》に連《つ》れていかれるとか、そういう怪談《かいだん》みたいな話《はなし》かと思《おも》ったじゃない。」

「まあ、あの世《よ》には、今《いま》まさに連《つ》れてかれてる最中《さいちゅう》なんだけどな……。」

コガラシの訂正《ていせい》をムシし、さくらは車両《しゃりょう》を見《み》わたした。

乗客《じょうきゃく》は十数人《すうにん》。ほとんどがおじいさんおばあさんだった。

みんな座席《ざせき》に向《む》かいあわせにすわって、和気《わき》あいあいと話《はな》しこんでいる。きょうみしんしんといった顔《かお》で、さくらたちを見《み》ている。

「あなたたちはどうして死《し》んじゃったの？　話《はな》すと気《き》が楽《らく》になるわよ〜。」

「そうよそうよ。しゃべっちゃいなさいよ。」

「え、えっと、オレたちは……そのう……いろいろとありまして……。」

話《はな》しかけられ、たじたじになっているコガラシは、完全《かんぜん》に〝おじいちゃんおばあちゃんの話《はなし》のサカナにされてる子《こ》ども〟状態《じょうたい》だ。

こまった。先頭車両《せんとうしゃりょう》へ急《いそ》がなくちゃいけないのに……。

「……みなさん、いいかげんにしてください。こまってるじゃないですか。」

質問《しつもん》ぜめにされて二人《ふたり》がこまりはてていると、声《こえ》がひびいた。

ほかの乗客《じょうきゃく》たちとはちがう――まだ若《わか》い声《こえ》だ。

視線《しせん》を向《む》けると、車両《しゃりょう》のはじっこの座席《ざせき》に、女《おんな》の子《こ》がぽつんとすわっていた。死《し》角《かく》で気《き》づかなかったらしい。

さくらと同《おな》じ、桜路中学校《さくらみちちゅうがっこう》の制服《せいふく》を着《き》ていた。一年生《ねんせい》の赤《あか》いリボンも同《おな》じだ。

目鼻立《めはなだ》ちのととのった顔《かお》に、ウェーブのかかった髪《かみ》。美人《びじん》だった。

女《おんな》の子《こ》は冷《つめ》たい目《め》で、ほかの乗客《じょうきゃく》たちを見《み》わたした。

「先《さき》を急《いそ》いでるみたいじゃないですか。ひきとめるのは、メイワクでしょうに。」

「ご、ごめんね、凜花《りんか》ちゃん。そうね。おばあちゃんたち、うるさかったわね。」

「若《わか》い人《ひと》と話《はな》すと、どうも調子《ちょうし》に乗《の》ってしまってなあ……。」

楽《たの》しげに話《はな》していた老人《ろうじん》たちが、顔《かお》をふせて口々《くちぐち》にあやまる。

女《おんな》の子《こ》は席《せき》を立《た》つと、二人《ふたり》の元《もと》へ近《ちか》づいてきた。

「ごめんね。みんな、ずっとこうなの。楽《たの》しそうに話《はな》しこんで……バッカみたい。」

ほかの乗客《じょうきゃく》にも聞《き》こえるような声《こえ》でいう。

おじいさんおばあさんたちは、しょんぼりとだまりこんでしまった。

「よかった。おじいちゃんおばあちゃんばかりで、話《はなし》があわなかったの。あなたたちなら、友《とも》だちになれそう。だって……若《わか》くして死《し》んじゃった同士《どうし》だもの！」

とまどうさくらとコガラシに、女《おんな》の子《こ》はニッコリと笑《わら》いかけた。

なんでわたしだけ？

「先頭車両《せんとうしゃりょう》だね。まっかせといて！　凛花《りんか》が案内《あんない》してあげる。ついてきて！」

女《おんな》の子《こ》――凛花《りんか》はそういうと、満面《まんめん》の笑《え》みで連結《れんけつ》とびらを開《ひら》いた。

先頭《せんとう》に立《た》ち、ずんずんと、車両《しゃりょう》を前《まえ》へと歩《ある》いていく。

さくらとコガラシは、顔《かお》を見《み》あわせた。

「……さくら。どうして『いっしょに行《い》こ♪』っていわれて、オーケーしちゃったんだよ。めんどうなことになっちまったじゃねえか……。」

「……なにいってんのよ。オーケーしたのは、あんたでしょうが……。」

小声《こごえ》で文句《もんく》をいうコガラシに、さくらも小声《こごえ》で文句《もんく》をかえす。

「『コガラシくん、個性的《こせいてき》でカッコいいね！』とか、いわれて、『おう！　いっしょに行《い》くか！』とか、ゆるみきった顔《かお》でいいきったのは、どこのだれでしたっけ？」

「……だってさあ。飢《う》えてんだもん。こんな商売《しょうばい》してると、人《ひと》のやさしさ、ってやつに、飢《う》えちゃうんだもんよぉ……。」

「どうしたの？　二人《ふたり》とも。早《はや》く行《い》こ！」

ぼそぼそいいあう二人《ふたり》に気《き》づいて、凜花《りんか》がもどってきた。

「若《わか》くして死《し》んじゃった同盟《どうめい》！　仲間《なかま》ができて、凜花《りんか》、ほんとうれしいんだもん！」

とびっきりの笑顔《えがお》を浮《う》かべる。

さくらとコガラシは、観念《かんねん》した。今《いま》さら二人《ふたり》だけで行《い》くだなんて、とてもいいだせそうなふんいきじゃない。

鼻歌《はなうた》を歌《うた》いながら歩《ある》く凜花《りんか》のあとにつづいて、二人《ふたり》も車両《しゃりょう》を前《まえ》へと進《すす》んだ。

あらためてみると、魔列車《まれっしゃ》の中《なか》はきれいだった。どの車両《しゃりょう》もていねいにそうじされて清《せい》けつにたもたれ、つり革《かわ》なども真新《まあたら》しいものばかりだ。

乗《の》っているのは、お年寄《としよ》りがほとんど。みんな、お茶《ちゃ》とおかしを手《て》に、なごやかにおしゃべりをしている。とても**『魔列車《まれっしゃ》』**だなんてイメージじゃなかった。

「近代化《きんだいか》の波《なみ》ってやつだな。先進国《せんしんこく》の魔列車《まれっしゃ》は健全《けんぜん》なんだよ。世界《せかい》には、子《こ》どもばかり乗《の》ってる魔列車《まれっしゃ》とかもあるんだ。そういうのは、やっぱりやなもんだぜ。」

コガラシが肩《かた》をすくめていった。

「子《こ》どもが先《さき》に死《し》ぬのは、よくないよね。凜花《りんか》も、やりのこしたことといっぱいあったのに、事故《じこ》で死《し》んじゃった。なのに、おじいちゃんおばあちゃんたちは楽《たの》しそうに、お茶《ちゃ》とか飲《の》んじゃってさ。凜花《りんか》の気持《きも》ち、ぜんぜんわかってくれない。」

凜花《りんか》は不満《ふまん》そうに、鼻《はな》から息《いき》をついた。

「事故《じこ》はマシだぜ。自殺《じさつ》はきついんだよなぁ。」

コガラシは車両《しゃりょう》のすみっこに顔《かお》を向《む》けた。

男《おとこ》の乗客《じょうきゃく》が、ブツブツとつぶやきながら、座席《ざせき》のつくえの上《うえ》に、積《つ》み木《き》を積《つ》みあげている。

「自殺客《じさつきゃく》ってのは、賽《さい》の河原《かわら》に行《い》くんだけどさ。命《いのち》を粗末《そまつ》にあつかったバツとして、川原《かわら》に石《いし》を積《つ》みつづけなくちゃいけねえんだ。あれは、その練習《れんしゅう》してるわけ。」

見《み》ているはしから、列車《れっしゃ》がガタンッとゆれて、積《つ》み木《き》がガラガラッとくずれおちた。男《おとこ》はしょんぼりと肩《かた》を落《お》とすと、今度《こんど》はトランプでタワーを積《つ》みあげはじめた。

「……きちんとできるまで、生《う》まれ変《か》われねえんだ。あれ、つらいぜぇ……。」

「自殺《じさつ》なんて、凜花《りんか》、信《しん》じられないな！」

凜花《りんか》は、フンッと鼻《はな》から息《いき》をもらした。

「せっかくの命《いのち》を自分《じぶん》からすてちゃうなんて。凜花《りんか》にちょうだいって感《かん》じだよ。凜《りん》花《か》は命《いのち》、粗末《そまつ》にあつかったりしないのに。まだまだやりたいこと、いっぱいあったのに……。」

いいながらなみだぐむ。

なにを話《はな》してもこの調子《ちょうし》になるとわかり、コガラシはほじほじと耳《みみ》をほじった。

凜花《りんか》は、ぽろぽろと泣《な》きはじめた。

さくらは、空《あ》いていたおくの座席《ざせき》に凜花《りんか》をすわらせ、自分《じぶん》も横《よこ》にすわりこんだ。

「おい、なにやってんだよ。急《いそ》がねえと、そんなに時間《じかん》ねえんだぞ。」

「ちょっとくらい平気《へいき》でしょ？　泣《な》いてるのに、ほっとけないよ。」

上着《うわぎ》のポケットからハンカチをとりだし、凜花《りんか》にさしだした。かわいい花《はな》がらのハンカチだ。

「凜花《りんか》ちゃん。よかったら話《はな》してみて。話《はなし》だけでも、聞《き》くよ。」

「ありがとう、さくらちゃん……。」

凛花《りんか》は目《め》に大《おお》つぶのなみだを浮《う》かべ、つっかえつっかえ、自分《じぶん》の最期《さいご》のことを話《はな》しはじめた。

この四月《がつ》から、さくらと同《おな》じ中学校《ちゅうがっこう》に入学《にゅうがく》する予定《よてい》だったこと。

もともと家《いえ》が中学《ちゅうがく》の近《ちか》くで、入《はい》る前《まえ》から制服《せいふく》のかわいさにあこがれていたこと。

小学校《しょうがっこう》を卒業《そつぎょう》したあとの春休《はるやす》みは、買《か》ったばかりの制服《せいふく》を着《き》て、うきうきしながらすごしていたこと。待《ま》ちきれずに、仲《なか》のいい友《とも》だちといっしょに、そのまま中学《ちゅうがっ》校《こう》へ足《あし》を運《はこ》んだこと。

そこで、事故《じこ》にあったこと。

凛花《りんか》たちは、信号無視《しんごうむし》して道路《どうろ》をわたろうとしたところを、走《はし》ってきた乗用車《じょうようしゃ》にはねられたらしい。気《き》づいたら、凛花《りんか》は一人《ひとり》で魔列車《まれっしゃ》に乗《の》っていた。

車窓《しゃそう》の向《む》こうに、自分以外《じぶんいがい》の友《とも》だちが、病院《びょういん》で手当《てあ》てを受《う》けているのが見《み》えた。

自分《じぶん》の体《からだ》が、白《しろ》い布《ぬの》をかけられ、葬儀場《そうぎじょう》へ運《はこ》ばれていくのが見《み》えた。

遠《とお》ざかっていく中学校《ちゅうがっこう》が見《み》えた……。

「……なんで凜花《りんか》だけ、死《し》んじゃったの？」

ぽろぽろ流《なが》れるなみだをハンカチでぬぐいながら、凜花《りんか》はくちびるをかんだ。

「いっしょにわたったみんなは、無事《ぶじ》だったんだ。足《あし》をくじいたり、すりむいたりしただけ。凜花《りんか》だけ、打《う》ちどころが悪《わる》くて死《し》んじゃった。みんなでわたったのに、なんで凜花《りんか》だけ死《し》んじゃったの……？」

「で、でもさ。ほら、人間道行《にんげんどうい》きなんだろ？　おまえの乗車券《じょうしゃけん》。」

泣《な》きじゃくる凜花《りんか》をはげますように、コガラシがいった。

凜花《りんか》はうなずき、ポケットからキップを一枚《まい》とりだした。

「そのキップなら、だいじょうぶだ。人間道駅《にんげんどうえき》で下車《げしゃ》して、また人間《にんげん》として生《う》まれ

変《か》われるぜ！」

「……そうなの……？」

「おう！　んで、また十二〜三年《ねん》もすればさ。中学校《ちゅうがっこう》、ちゃんと通《かよ》えるじゃんか！

……まぁ、前世《ぜんせ》の記憶《きおく》はないし、また女《おんな》に生《う》まれ変《か》わるかもしれねぇし……でもほら、男《おとこ》に生《う》まれ変《か》わっちまっても、女《おんな》の制服《せいふく》、こっそり着《き》ちゃえばいいし……。」

「やだよ！」

凜花《りんか》は、ぽろぽろ泣《な》いてコガラシをにらんだ。

「そういう問題《もんだい》じゃない！　凜花《りんか》が凜花《りんか》なのは、今《いま》だけなのに！　コガラシくん、ひどいよ！」

声《こえ》をはりあげる凜花《りんか》に、コガラシがこまって、あとずさる。

「中学校《ちゅうがっこう》に入《はい》ったら、やりたいこと、たくさんあったんだよ？　部活《ぶかつ》に入《はい》りたかった。友《とも》だちとマクドナルド行《い》きたかった。カレシだってつくりたかった。……なのに、なんで死《し》んじゃうの！　みんなは中学生《ちゅうがくせい》になったのに、なんで凜花《りんか》だけ！」

おろおろしているコガラシをわきにのけ、さくらは凜花《りんか》の肩《かた》に手《て》をまわした。

ぽろぽろと泣《な》きじゃくる凜花《りんか》の頭《あたま》を、やさしくなでさする。

しばらくすると、凜花《りんか》は落《お》ち着《つ》いたようだった。

「……ごめんなさい。さくらちゃんたちだってつらいのに。凜花《りんか》の話《はなし》ばっかり。」

赤《あか》くなった目元《めもと》をこすり、はずかしそうに笑《わら》った。

「二人《ふたり》はこんなに落《お》ち着《つ》いてるのに。凜花《りんか》だけ、はずかしいよね。」

「……はずかしくなんてないよ。とつぜん死《し》んじゃったら、みんなとまどう。わたし、わかる。そういうの、たくさん見《み》てるから。」

「たくさん見《み》てる……？」

「……わたし、生《う》まれつき、霊感《れいかん》みたいなのあってさ。」

さくらは、ぺろっと舌《した》をだした。

人《ひと》にはしゃべらないようにしていることだったけれど、これだけ自分《じぶん》のことを話《はな》してくれた凜花《りんか》に、さくらだけなにも話《はな》さないのは失礼《しつれい》な気《き》がした。

「小《ちい》さいころから、死《し》んだ人《ひと》とか、現実《げんじつ》に存在《そんざい》しないいろんなもの、けっこう見《み》えてたんだ。」

「そうなんだ……。」

「それでみょうに、度胸《どきょう》がすわってたのか。」

凜花《りんか》が目《め》を丸《まる》くし、コガラシが納得《なっとく》したようにうなずいた。

「……こわくないの？　さくらちゃん。死《し》んだ人間《にんげん》なんて見《み》えて。」

まさに自分《じぶん》がその〝死《し》んだ人間《にんげん》〟になっていることもわすれて、凜花《りんか》がきく。

「そりゃ、小《ちい》さなころはこわかったよ。道《みち》を歩《ある》いてたら、血《ち》まみれの人《ひと》に話《はな》しかけられたり、いつのまにか空《そら》に大《おお》きな顔《かお》が浮《う》かんでて、あっかんべえしてきたりしたし……」

「カエリミチに、まよいこみやすい体質《たいしつ》なんかなぁ……。」

コガラシが首《くび》をひねっている。

「だから、大好《だいす》きだったおばあちゃんに相談《そうだん》したの。こわいものが見《み》えたとき、どうすればいい？って。一《ひと》つめのアドバイスは、『見《み》ないふりしなさい』だった。見《み》ないふりしてたら、こわいものみんな、消《き》えちゃうからって。でも二《ふた》つめのアドバイスは、『よく見《み》なさい』だった。相手《あいて》をよく見《み》て、自分《じぶん》から関《かか》わってみなさい。

そしたら、こわいものは消《き》えないかもしれないけど、こわい気持《きも》ちは消《き》えちゃうからって。」

——そしたらきっと、さくらちゃん、その力《ちから》が好《す》きになるよ。

こんな力《ちから》いやだ、と泣《な》きじゃくるさくらに、おばあちゃんはそういったものだ。

「それで、小学校《しょうがっこう》のとちゅうから、今度《こんど》は積極的《せっきょくてき》に話《はな》しかけるようにしてみたんだ。おはよう！　こんにちは！　って。……そしたら今度《こんど》は、友《とも》だちにひかれるようになっちゃってさ。」

さくらは苦笑《にがわら》いした。

「そんなんだからね。今《いま》となっては、おばあちゃんのアドバイス、結局《けっきょく》一《ひと》つめが正解《せいかい》だったのかなぁ……って思《おも》ってるんだ。」

「そっか……。さくらちゃんもいろいろ大変《たいへん》だったんだね……。」

凜花《りんか》が、さくらのハンカチで目元《めもと》をぬぐった。

「これ、ありがとう。」

と、たたんでハンカチをさしだす。

さくらはハンカチを受《う》けとると、上着《うわぎ》のポケットにつっこんだ。

そのひょうしに、なにかがポケットの中《なか》からこぼれでた。ぱさりと音《おと》をたててゆかに落《お》ちた。

「あ、ひろうね。」

凜花《りんか》がゆかに手《て》をのばした。

落《お》ちたパスケースを手《て》にとった。

なにげなく裏《うら》がえして、中《なか》に入《はい》った定期券《ていきけん》を見《み》た。

「……はい。さくらちゃん。」

凜花《りんか》がパスケースをさしだした。さくらはもとどおり、それを上着《うわぎ》のポケットにしまった。

それから三人《にん》は、ふたたび車両《しゃりょう》を前《まえ》へと進《すす》んでいった。魔列車《まれっしゃ》は長《なが》く、なかなか先頭車両《せんとうしゃりょう》に行《い》きつかない。

話《はなし》をして落《お》ち着《つ》いたのか、凜花《りんか》はもう泣《な》かなかった。

ただ、歩《ある》きながらずっと、なにかを考《かんが》えているようだった。凜花《りんか》のひとみの中《なか》に、ぐるぐるぐるぐる、同《おな》じ言葉《ことば》があらわれては消《き》えた。

ようやく、先頭車両《せんとうしゃりょう》に着《つ》いた。

ここからはきょうだいだけで（さくらとコガラシはきょうだいで、そろって交通事故《こうつうじ こ》にあったのだと説明《せつめい》した）……といって凜花《りんか》と別《わか》れ、車掌室《しゃしょうしつ》のドアをノックする。

でてきた車掌《しゃしょう》は、みょうちくりんだった。

りっぱな車掌《しゃしょう》の制服《せいふく》を着《き》ているのだが、頭《あたま》も体《からだ》も……全身《ぜんしん》、風船《ふうせん》をつなぎあわせてできているのだ。ゴムでできた顔《かお》に、『**車掌**《しゃしょう》』とマジックで書《か》かれている。

車掌《しゃしょう》は無言《むごん》でコガラシの話《はなし》を聞《き》くと、車掌室《しゃしょうしつ》へもどった。頭《あたま》が風船《ふうせん》だからしゃべれないのだろうが、話《はなし》は通《つう》じたらしい。

「これで安心《あんしん》だ。駅《えき》にも連絡《れんらく》がいって、帰《かえ》りの列車《れっしゃ》を用意《ようい》してくれるはずだ。」

しばらくすると、列車《れっしゃ》がスピードを落《お》としはじめた。

まどの向《む》こうに駅《えき》が見《み》えてきた。あれが三途《さんず》の川駅《かわえき》なのだろう。

ホームのたくさんある、近代的《きんだいてき》な駅《えき》だった。いろんな線《せん》が乗《の》りいれしていて、まるで都会《とかい》の中心《ちゅうしん》にある駅《えき》みたいだ。

『ご乗車《じょうしゃ》ありがとうございました。三途《さんず》の川《かわ》ぁ〜、三途《さんず》の川《かわ》ぁ〜　です。現世《げんせ》へおもどりのかたは、一度改札《どかいさつ》をでまして、現世線下《げんせせんくだ》り列車《れっしゃ》をご利用《りよう》くださぁ〜い。』

電車《でんしゃ》が止《と》まると、ぷしゅうっ、とドアが開《ひら》いた。

「うし。乗《の》りかえるぞ、さくら。」

コガラシがいって、さくらをふりかえった。

そのときだった。

さくらは背中《せなか》に強《つよ》い衝撃《しょうげき》を受《う》けて、ゆかにたおれこんだ。

「お、おい、さくらっ！　だいじょうぶかっ!?　——おまえ、なにすんだっ。」

さくらは、打《う》ちつけた腰《こし》をおさえながら、顔《かお》を上《あ》げた。

立《た》っていたのは、凛花《りんか》だった。はあはあと息《いき》を切《き》らしている。

その手《て》には、ピンクのパスケースがにぎられている。

さくらは、はっとして上着《うわぎ》のポケットに手《て》をやった。ハンカチしか入《はい》ってない。

凛花《りんか》はじっと、たおれたさくらを見下《みお》ろしていた。

そのひとみの中《なか》でぐるぐる回《まわ》りつづけていた言葉《ことば》の正体《しょうたい》が、ようやくさくらにもわかった。

〝なんでわたしだけ?〟だ。

——友《とも》だちたちは中学生《ちゅうがくせい》になったのに、なんでわたしだけ死《し》んじゃうの?

——ほかの乗客《じょうきゃく》は幸《しあわ》せそうなのに、なんでわたしだけ不幸《ふこう》なの?

——さくらちゃんは生《い》きかえれるのに、なんでわたしだけ生《い》きかえれないの?

——ずるい。ずるい、ずるい、ずるい!

————だったら、さくらちゃんから、うばっちゃえばいい。

(人間《にんげん》ってのは、業《ごう》の深《ふか》い生《い》き物《もの》だからだよ。)

コガラシの言葉《ことば》を思《おも》いだした。

「ごめん、さくらちゃん。凜花《りんか》、もっと生《い》きたいの……。」

凜花《りんか》はぽろぽろ泣《な》いて、パスケースをにぎりしめた。

「……これ、凜花《りんか》がもらうね……。」

「こら、てめえっ！　なに勝手《かって》いってやがる！　それはさくらのだ！　返《かえ》せっ！」

コガラシがさけび、とびかかろうとする。

そのまたぐらを、凜花《りんか》が蹴《け》りあげた。

げぶっ！　とうめいてコガラシがゆかにたおれた。

「ごめんなさい、さくらちゃん！　コガラシくん！　ごめんなさい！　ごめんなさい！」

たおれた二人《ふたり》に背《せ》を向《む》けて、凜花《りんか》はパスケースをにぎりしめて列車《れっしゃ》をとびだす。

駅《えき》のホームに転《ころ》がりでると、一目散《いちもくさん》に階段《かいだん》を上《あ》がっていく。

どうして凜花《りんか》のこと、知《し》らんぷりしなかったんだろう。

めんどうごとに首《くび》をつっこむと、ろくなことにならないって、よくわかってたはずだったのに。

おばあちゃんのアドバイスは、やっぱり一《ひと》つめが正《ただ》しかったのだ。

さくらは、そう思《おも》った。

鉄道《てつどう》LOVE《ラブ》!!

「……だからいったじゃねえかよ。自分《じぶん》がまだ生《い》きた人間《にんげん》だってことは、ほかの乗《じょう》客《きゃく》には気《き》づかれないようにしろ、って。」

コガラシはゆかにすわりこんだまま、ムスッとした声《こえ》をだした。

「落《お》としてひろわれたときに、乗車券《じょうしゃけん》が現世《げんせ》行《い》きなの、あの女《おんな》に見《み》られてたんだ。油断《ゆだん》するからだぞ。……それにしてもあいつ、えげつないとこ蹴《け》りやがってえ……。女《おんな》にはわかんねえからって……。」

目元《めもと》にちょっぴりなみだを浮《う》かべ、コートの下《した》に両手《りょうて》をもぐりこませている。

魔列車《まれっしゃ》はドアを開《あ》け、停車《ていしゃ》したままだ。

ホームに、乗《の》りかえアナウンスの声《こえ》がひびきわたっていく。

「これから、どうなっちゃうの……?」

よろよろと起《お》きあがりながら、さくらはきいた。

打《う》った腰《こし》が少《すこ》し痛《いた》むくらいで、ケガはしていないようだった。

「………。」

コガラシは、しばらくだまってうつむいていた。

「……すまねえ、オレの力不足《ちからぶそく》だ。……帰宅失敗《きたくしっぱい》だ。」

いつになく、かたい声《こえ》で告《つ》げた。

「乗車券《じょうしゃけん》がなくなっちまったから、おまえはもう家《いえ》に帰《かえ》れない。行《い》きつく先《さき》は……〝無《む》〟だ。」

さくらの頭《あたま》の中《なか》は、ふっと白《しろ》くなった。

「──な～んちゃって！　うそだよ。ビビったか？　──って、おい！　じょうだんだってば！　だいじょうぶだってば！」

気《き》を失《うしな》いかけたさくらの肩《かた》を、ゆさゆさとゆさぶる。

どうしてこのタイミングでじょうだんをいうのか、こいつは。わたしも一発《いっぱつ》、蹴《け》りあげてやろうか。

「そ、そう、にらむなって。ごめんって。空気《くうき》を軽《かる》くしようとしたんだって……。」

コガラシはあせって頭《あたま》をかくと、安心《あんしん》しろよ！　とガッツポーズした。

「魔列車《まれっしゃ》の乗車券《じょうしゃけん》ってのは、死《し》んだ本人《ほんにん》しか使《つか》えないものなんだ。他人《たにん》の乗車券《じょうしゃけん》を使《つか》おうとしても、改札《かいさつ》でひっかかっちまう。高度《こうど》なセキュリティだろ？」

まるで自分《じぶん》のことのように、得意《とくい》そうに胸《むね》をそらせる。

「他人《たにん》の乗車券《じょうしゃけん》をうばうのは、とうぜん犯罪《はんざい》だ。すぐに駅員《えきいん》があの女《おんな》を見《み》つけて、とられた乗車券《じょうしゃけん》をとりもどしてくれる。だからおまえの乗車券《じょうしゃけん》は、きちんともどってくる。生《い》きかえれなくなるなんてことはない。安心《あんしん》しろ。」

「そうなんだ……。」

さくらは、ほっとして胸《むね》をなでおろした。

つづくコガラシの言葉《ことば》に、またかたまった。

「ま、あの女《おんな》のほうは、かわいそうなことになっちまうけどな。」

「……どういうこと……？」

「犯罪《はんざい》をおかしたペナルティをくらうんだよ。もともと持《も》ってた乗車券《じょうしゃけん》もとりあげられて、かわりにべつの乗車券《じょうしゃけん》をわたされるんだ。」

「べつの乗車券《じょうしゃけん》って?」

「とーぜん、地獄《じごく》行《い》き乗車券《じょうしゃけん》。」

コガラシは、なんでもないことのようにいった。

「地獄道駅《じごくどうえき》乗《の》りかえの、地獄線片道乗車券《じごくせんかたみちじょうしゃけん》だよ。どろぼうの罪《つみ》だから、黒縄地獄駅《こくじょうじごくえき》行《い》きだろーな。あの駅《えき》で降《お》りたやつは、焼《や》けたナワで全身《ぜんしん》を打《う》たれつづけるんだ。……ったく、あんなことしなけりゃよかったのによ。」

「………。」

さくらは言葉《ことば》がでてこない。

「ま、そんなわけでさ! 安心《あんしん》していい。ただ、乗車券《じょうしゃけん》の返却《へんきゃく》には小一時間《こいちじかん》はかかるはずだ。駅員《えきいん》さんはいそがしいからな。ま、三途《さんず》の川駅《かわえき》はいろいろあるから、てきとうにお茶《ちゃ》でもしながら待《ま》っ──」

「そんな場合《ばあい》じゃないでしょ! 地獄《じごく》行《い》き? どうしてそんな話《はなし》になるの!?」

のんびりつづけるコガラシに、さくらは声《こえ》をはりあげた。

「凛花《りんか》ちゃん、人間《にんげん》に生《う》まれ変《か》われるんだって……また、中学校《ちゅうがっこう》に通《かよ》えるんだって

……あんた、いってたじゃない！」

「……だから、それはさっきまでの話《はなし》だってば。犯罪《はんざい》をおかせば、そりゃ、行《い》き先《さき》だって変《か》わっちまうさ。」

感情的《かんじょうてき》になったさくらとは逆《ぎゃく》に、コガラシはほじほじと耳《みみ》をほじっている。

「凜花《りんか》ちゃんのせいじゃないわ！　わたしが落《お》としたのが悪《わる》かったのに！」

「原因《げんいん》をつくったおまえは二番《ばん》めに悪《わる》いが、ぬすんだあいつが一番悪《ばんわる》い。」

コガラシはピシリといった。それから不思議《ふしぎ》そうに首《くび》をひねった。

「わかんねえな。なんで、あいつをかばうんだよ？」

「なんでって……」

「あいつは自分《じぶん》かわいさに、おまえを身《み》がわりにしようとしたんだぜ？　うらんでねえのかよ？」

だって、さくらは、おばあちゃんにいわれたのだ。

知《し》らんぷりするんじゃなくて、自分《じぶん》から関《かか》わってみるのって。

そしたらこわいものだって、自分《じぶん》の味方《みかた》になってくれるかもしれないって。

――そしたらきっと、さくらちゃん、その力《ちから》が好《す》きになるよ。

「わたし、行《い》ってくる！」

さくらは列車《れっしゃ》を降《お》りて、かけだした。

「あ、おいこら！　まて！　ちょっとまてって！」

コガラシのよびかけに、ふりかえりもせずに走《はし》った。


凜花《りんか》は、ホームの階段《かいだん》を、一段《だん》とばしでかけあがっていた。

三途《さんず》の川駅《かわえき》のふんいきは、現世《げんせ》の駅《えき》とほとんど変《か》わりなかった。行《い》きかう人《ひと》のすがたがないだけだ。あるいは、本当《ほんとう》はいるのだが、目《め》には見《み》えないのだろうか。

階段《かいだん》を上《あ》がりきると、改札《かいさつ》があった。

現世《げんせ》の駅《えき》でもよく見《み》る自動改札機《じどうかいさつき》が、横《よこ》一列《れつ》にならんでいる。

乗《の》りかえアナウンスによれば、現世《げんせ》の駅《えき》へもどるには、一度《ど》改札《かいさつ》をでてから、現《げん》世線《せせん》の下《くだ》りホームへ行《い》かなければいけないらしい。
凜花《りんか》は自動改札機《じどうかいさつき》のタッチパネルに、さくらのパスケースをかざした。

――ピンコーン！

警告音《けいこくおん》がして、自動改札機《じどうかいさつき》のとびらが、バタンととじた。
液晶画面《えきしょうがめん》が赤《あか》く光《ひか》って、警告《けいこく》をしめす『**！**』マークが表示《ひょうじ》される。
下《した》には『**もう一度《ど》ふれてください**』とメッセージがでていた。
凜花《りんか》はもう一度《ど》、タッチパネルにパスケースを当《あ》てた。ゆっくり、ていねいに。

――ピンコーン！

また警告音《けいこくおん》がして、自動改札機《じどうかいさつき》のとびらがバタンととじた。
「なんで……？」

凜花《りんか》はパスケースから定期券《ていきけん》をとりだし、じかにタッチパネルにかざした。

――ピンコーン！　ピンコーン！　ピンコーン！

警告音《けいこくおん》が鳴《な》りひびいた。今度《こんど》は連続《れんぞく》で。

自動改札機《じどうかいさつき》のとびらが、バタンバタンと、開《ひら》いたり、とじたりをくりかえす。

――ピンコーン！　ピンコーン！　ピンコーン！

――ピンコーン！　ピンコーン！　ピンコーン！

音《おと》が鳴《な》りやまない。どころか、横《よこ》にならんでいたほかの改札機《かいさつき》まで、すべて警告《けいこく》音《おん》を鳴《な》らしはじめた。バタンバタンとこわれたように、とびらがとじ開《ひら》きする。

ふと見《み》ると、液晶画面《えきしょうがめん》には、さっきとはちがうメッセージが表示《ひょうじ》されていた。

『盗難《とうなん》された乗車券《じょうしゃけん》は、利用《りよう》できません。

そのまま、係員《かかりいん》をお待《ま》ちください。』

つぎの瞬間《しゅんかん》だった。

ならんだ自動改札機《じどうかいさつき》のとびらがいっせいに、ぐにゃりと変形《へんけい》した。まるでアメ細工《ざいく》みたいに。

ガシャン、ガシャン、ガシャン、ガシャン……!

ゆかから天井《てんじょう》まですき間《ま》なく、通路《つうろ》をふさいだ。

まるで……鉄格子《てつごうし》だ。

「……な、なに、これ……。」

——ピンコーン! ピンコーン! ピンコーン!

——ピンコーン! ピンコーン! ピピンコーン!

——ピピンコピンコーン! ピピピンコーン!

とまどう凜花《りんか》をあざ笑《わら》うように、警告音《けいこくおん》がリズミカルに鳴《な》りひびく。

自動改札機《じどうかいさつき》の液晶画面《えきしょうがめん》に、『窃盗罪《せっとうざい》』という文字《もじ》が、浮《う》かびあがってきた。

改札《かいさつ》わきの、駅員室《えきいんしつ》のドアが開《ひら》いた。

でてきた駅員《えきいん》は、制服《せいふく》を着《き》て制帽《せいぼう》をかぶっていた。

体《からだ》も頭《あたま》も風船《ふうせん》でできていて、顔《かお》の部分《ぶぶん》には、『盗難係A《とうなんがかりエー》』とマジックでなぐり書《が》きされている。

駅員《えきいん》は凜花《りんか》のほうへ顔《かお》を向《む》けると、風船《ふうせん》の足《あし》でトコトコと歩《ある》いてきた。

「……来《こ》ないで……っ。」

凜花《りんか》は、くるりと背《せ》を向《む》けて逃《に》げだした。

通路《つうろ》をかけぬけ、つきあたりの階段《かいだん》を三段《だん》とばしで下《お》りて、ホームまで走《はし》った。

柱《はしら》のかげにかくれて、はあはあと息《いき》をととのえる。

「……きゃっ。」

うしろから、ニュッと風船《ふうせん》の手《て》がのびてきた。

ふりむくと、駅員《えきいん》の顔《かお》が目《め》の前《まえ》にあった。『盗難係B《とうなんがかりビー》』。

視界《しかい》のすみにも、べつの駅員《えきいん》がいた。『盗難係F《とうなんがかりエフ》』。

盗難係
A
盗難係

気《き》がつけばそこら中《じゅう》に駅員《えきいん》があふれ、凜花《りんか》のほうへトコトコと歩《ある》いてきていた。

『盗難係H《とうなんがかりエイチ》』『盗難係N《とうなんがかりエヌ》』『盗難係X《とうなんがかりエックス》』……。

「……いや、やめてっ。来《こ》ないでっ！」

凜花《りんか》は、駅員《えきいん》たちにとりかこまれた。そのまま、押《お》しくらまんじゅうのように、ぎゅうぎゅうとホームをひったてられていった。

ホームには、列車《れっしゃ》が停車中《ていしゃちゅう》だった。わずか一両編成《りょうへんせい》の短《みじか》い列車《れっしゃ》だ。駅員《えきいん》たちは、その入《い》り口《ぐち》で止《と》まった。

さっきまで乗《の》っていたきれいな列車《れっしゃ》とは、ぜんぜんちがっていた。入《い》り口《ぐち》のドアガラスをはじめ、まどはすべてひびわれている。車両全体《しゃりょうぜんたい》に赤黒《あかぐろ》いよごれが、点々《てんてん》とこびりついている。

車内《しゃない》は真《ま》っ暗《くら》で、なにも見《み》えない。だが、なにかがひたひたとうごめく気配《けはい》が伝《つた》わってくる。くさったようなにおいがただよってくる。

「い、いや……。」

駅員《えきいん》が進《すす》みでると、凜花《りんか》の手《て》からパスケースと定期券《ていきけん》をうばった。ポケットに入《い》れていたキップもぬきとった。

かわりに、一枚《まい》、キップをとりだした。

ニュッと凜花《りんか》の手《て》をつかみ、にぎらせた。

「い、いやぁっ。やめてぇ……！　乗《の》りたくない！　この電車《でんしゃ》、乗《の》りたくない！」

泣《な》きわめく凜花《りんか》にかまわず、駅員《えきいん》たちは凜花《りんか》の背《せ》をぎゅうぎゅうと押《お》しはじめた。

列車《れっしゃ》の中《なか》へ、ぐいぐい押《お》しこんでいく。

車内《しゃない》から、フーッフーッと、たくさんのうなり声《ごえ》が、もれきこえてくる。ひたひたと近《ちか》づいてくる。血《ち》のにおいがただよう。

「やめて、やめてぇ……っ。ごめんなさい！　ごめんなさい、ごめんなさい、ごめんなさい……っ！」

「――やめなさいっ！」

声《こえ》がひびいて、凜花《りんか》はふりむいた。さくらが階段《かいだん》をかけおりてきた。

「らんぼうなことしないでっ！　泣《な》いてるじゃないの！」

駅員《えきいん》たちを押《お》しのけ、さくらが凜花《りんか》を背中《せなか》にかばった。

駅員《えきいん》たちが動《うご》きを止《と》めて、さくらを見《み》やった。

「いやがっているのに、むりやり乗《の》せないで！　朝《あさ》の満員電車《まんいんでんしゃ》じゃないのよ！　事《じ》情《じょう》もろくに聞《き》かずに、なにをするのよ！」

むらがった駅員《えきいん》たちを前《まえ》に、さくらは声《こえ》をはりあげる。

「その定期券《ていきけん》は、わたしのよ！　ぬすまれたんじゃないの。貸《か》しただけ！　だから、らんぼうはやめて！」

さくらがいうと、駅員《えきいん》たちは顔《かお》を見《み》あわせた。

もう一枚《まい》、地獄行《じごくい》きのキップをとりだした。さくらの手《て》ににぎらせた。

ぎゅうぎゅうと、二人《ふたり》まとめて列車《れっしゃ》に乗《の》せようとする。

「ちょっ……。やめて！　なにするのっ！」

「やめてっ！　さくらちゃんをはなして！　だれか——だれか、助《たす》けてぇっ！」

「――へいへい。助《たす》けてやんよ。仕事《しごと》だからな。」

バンッ

爆発音《ばくはつおん》がひびきわたった。

むらがった駅員《えきいん》たちが、びくっと動《うご》きを止《と》めた。

全員《ぜんいん》、階段《かいだん》のほうへ向《む》きなおる。

「……ったくよう。だから、まてっていったじゃねえか。」

コガラシの声《こえ》がひびく。けむりのにおいがただよう。

「乗車券《じょうしゃけん》の貸《か》し借《か》りも、犯罪《はんざい》なんだよ。それを告白《こくはく》されちまったら、駅員《えきいん》も地獄行《じごくい》きに乗《の》せるしかねえ。めんどうかけやがって、ばかさくら。」

コガラシは、階段《かいだん》のすぐ下《した》に立《た》っていた。

両足《りょうあし》をふんばり、ボロボロの雨《あま》ガサの取《と》っ手《て》を、両手《りょうて》でにぎりしめている。

「……駅員《えきいん》さんたち。すまねえけど、その二人《ふたり》を解放《かいほう》してくれねえか?」

カサの先《さき》っぽは、駅員《えきいん》たちのほうへ向《む》けられている。

駅員《えきいん》たちが、コガラシにつめよろうと動《うご》いた。

と、コガラシは雨《あま》ガサの先《さき》を少《すこ》し上《うえ》にあげた。取《と》っ手《て》の上《うえ》のボタンを押《お》した。

それは、かさをワンタッチで開《ひら》くための、ボタンにしか見《み》えなかった。

バンッ

また爆発音《ばくはつおん》がひびいた。

同時《どうじ》に、ホームの柱《はしら》に、ビシリ、とひびが入《はい》った。

にぎった雨《あま》ガサの先《さき》っぽから、細《ほそ》いけむりが立《た》ちのぼっていく。

「らんぼうはなしだぜ。こいつは、道《みち》ばたに落《お》ちてるのをひろった、最強《さいきょう》のカサなんだ。オレの客《きゃく》をきずつけるなら……こっちもだまっちゃいられねえ。」

と、またオンボロガサの先《さき》を駅員《えきいん》たちに向《む》ける。

駅員《えきいん》たちが、ぞろぞろと下《さ》がった。

「ここは見《み》のがしてくれねえか？　オレも本当《ほんとう》は駅員《えきいん》さんたちと、戦《たたか》いたくなんてねえんだ。……だって、さ。」

コガラシは駅員《えきいん》たちへ雨《あま》ガサを向《む》けたまま、左手《ひだりて》でごそごそとランドセルを探《さぐ》った。

いったいなにをするつもりなのだろう。駅員《えきいん》たちは、こおりついたように動《うご》かない。さくらと凜花《りんか》は、ごくりと息《いき》をつめてコガラシを見守《みまも》った。

コガラシは、一枚《まい》の紙切《かみき》れをとりだして、頭《あたま》の上《うえ》にかかげた。

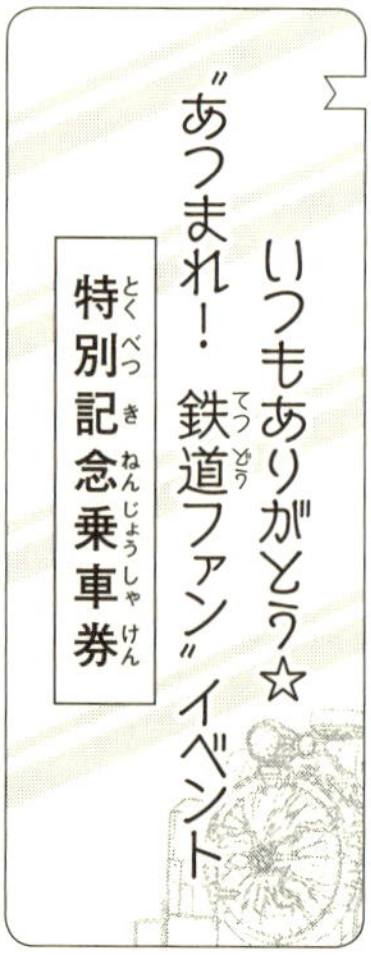

「だってオレ………鉄道《てつどう》ファン、なんだよね。」
コガラシは、鼻《はな》の下《した》に手《て》をやってこすった。
「カエリミチ鉄道《てつどう》は、全路線《ぜんろせん》・全駅名《ぜんえきめい》、暗記《あんき》ずみだ。時刻表《じこくひょう》だってよく読《よ》むんだ。列車《れっしゃ》の型《かた》も、おぼえてんだぜ。その列車《れっしゃ》は、地獄線《じごくせん》ＨＥＬＬ《ヘル》２５９号《ごう》だよな。……

くーっ、はじめて見《み》たけど、ちょ～オンボロでかっけえなーっ！」

不気味《ぶきみ》な列車《れっしゃ》を指《ゆび》さして、なぜかキラキラと目《め》をかがやかせている。

「でもやっぱり、乗《の》るのが一番好《ばんす》きでさ！　今日《きょう》も気晴《きば》らしに、ぶらぶら乗《の》っててさ！　三途《さんず》の川《かわ》までのながめが、いいんだよな～！　オレ、鉄道《てつどう》、大好《だいす》きだぜ！」

気晴《きば》らしにぶらぶら乗《の》るものなのだろうか、魔列車《まれっしゃ》は。

ちょっとひき気味《ぎみ》のさくらと凜花《りんか》にかまわず、コガラシは自分《じぶん》の好《す》きポイントをいきおいこんで語《かた》りまくった。

「……だから、さ。同《おな》じ鉄道《てつどう》を愛《あい》する者《もの》として、オレ、駅員《えきいん》さんたちと、戦《たたか》いたくないんだ。」

と、コガラシは、かまえていたカサをくるりと回《まわ》した。

手《て》をはなし、ぽいっと地面《じめん》に投《な》げた。カサは向《む》こうまで転《ころ》がっていった。

じっと見《み》つめる駅員《えきいん》たちを前《まえ》に。

コガラシは両手《りょうて》を体《からだ》のわきでそろえて……いきおいよく、ペコリと頭《あたま》を下《さ》げた。

「今回《こんかい》はゆるしてください！　ごめんなさい！」

コガラシが目《め》で合図《あいず》する。さくらと凜花《りんか》は、顔《かお》を見《み》あわせた。

二人《ふたり》も、深々《ふかぶか》と頭《あたま》を下《さ》げた。

「ごめんなさい……。」

「すみませんでした……。」

あやまる子《こ》どもたちに、駅員《えきいん》たちは顔《かお》を見《み》あわせた。

しばらく、なにかヒソヒソやりとりしていた。

頭部《とうぶ》に書《か》かれた『**盗難係**《とうなんがかり》』の文字《もじ》が消《き》え、かわりにべつの文字《もじ》が浮《う》かんできた。

『鉄道《てつどう》LOVE《ラブ》!!』

それから、ふわふわと全員《ぜんいん》、空《そら》に消《き》えていった。

なにかが、ホームに落《お》ちた。さくらのパスケースと、凜花《りんか》がもともと持《も》っていたキップだ。

待機《たいき》していた列車《れっしゃ》のドアが、ぷしゅーっと音《おと》をたててしまった。

ちらりと見《み》ると、中《なか》にはたくさんの犬《いぬ》が乗《の》っていた。頭《あたま》をつきあわせ、競《きそ》うようにエサ箱《ばこ》に入《はい》った肉《にく》を食《た》べている。

「HELL《ヘル》259号《ごう》は、中《なか》でワンコ飼《か》ってんだよ。おかげでにおいはきついわ、よごれまくるわで、大変《たいへん》だってうわさだ。」

「あのうなり声《ごえ》、ワンちゃんたちだったの……。」

キャンキャンとシッポをふる犬《いぬ》たちに、凜花《りんか》が口元《くちもと》をひきつらせた。

「これにて一件落着《いっけんらくちゃく》。……やっぱり、鉄道好《てつどうず》きは通《つう》じあえるんだな!」

コガラシは、さくらにはさっぱりわからないロマンをたたえたひとみで、うんっ、と、ひとりうなずいた。

家《いえ》に帰《かえ》ったら……

「駅《えき》から家《いえ》までは、一人《ひとり》で帰《かえ》れるな？　さくら。」

家最寄り駅《いえもよりえき》のアナウンスが流《なが》れると、コガラシは、ふわあとあくびをしていった。

三途《さんず》の川駅《かわえき》から、現世線《げんせせん》の下《くだ》り列車《れっしゃ》に乗車《じょうしゃ》して数時間《すうじかん》。

車窓《しゃそう》から見《み》える景色《けしき》は、じょじょにさくらの見《み》なれた景色《けしき》にもどってきていた。

「赤信号《あかしんごう》、白線《はくせん》……それさえ守《まも》れば、オレがいなくても心配《しんぱい》いらねえ。おまえの家《いえ》のある地域《ちいき》はもともと、カエリミチの中《なか》でも安全《あんぜん》なんだ。……オレはまた、こいつ、送《おく》ってかなきゃいけないからよ。」

めんどうくさそうに、さくらの横《よこ》の席《せき》にあごをやる。

凛花《りんか》は、つかれたのか、さくらの肩《かた》に頭《あたま》をもたせかけて、ねむりこけていた。

生《う》まれ変《か》わる前《まえ》にいっしょにおしゃべりしよう――さくらがさそって、ずっと二人《ふたり》で話《はな》しこんでいたのだ。友《とも》だちや家族《かぞく》の話《はなし》や、好《す》きな男《おとこ》の子《こ》の話《はなし》なんかを。

「またよけいな仕事《しごと》、ふやしやがって。こいつだけ人間道行《にんげんどうい》き列車《れっしゃ》に乗《の》せときゃよかったのに。自分《じぶん》をうらぎったようなやつと、よく仲《なか》よく話《はな》せるもんだぜ。」

コガラシは、さっぱりわからないというように首《くび》をひねった。

「そういえば、まだ答《こた》えを聞《き》いてなかった。……なんでこいつをかばったんだよ?」

「昔《むかし》、おばあちゃんにいわれたんだ。自分《じぶん》から関《かか》わってみたら、さくらちゃん、その力《ちから》が好《す》きになるよって。……おばあちゃん、ニコニコ笑《わら》って、こういったの。」

——自分《じぶん》のことが、大好《だいす》きになるよ。

「わたし、霊感《れいかん》のことで、クラスメイトにひかれちゃってるから。……自分《じぶん》くらいは自分《じぶん》のこと、好《す》きでいたいもん。」

「……表《おもて》の世界《せかい》は、よくわかんねえな。まあいい。成功報酬《せいこうほうしゅう》ははずんでもらうぜ。」

「これでどう?」

と、さくらはポケットからハンカチをとりだした。今持《いまも》ってるものの中《なか》で、一番《ばん》のお気《き》に入《い》りだ。

げえ、女《おんな》っぽいなあ……コガラシは、ぶつぶつ文句《もんく》をいいながら受《う》けとり、さくらと凛花《りんか》をじっと見《み》つめて、ていねいにハンカチを布《ぬの》ぶくろにつめた。

たよりになるのか、ならないのか。

子《こ》どもっぽいのか、大人《おとな》っぽいのか。

……本当《ほんとう》、よくわからない男《おとこ》の子《こ》だった。


「家《いえ》に帰《かえ》ったら玄関《げんかん》を開《あ》けて、ただいまっていうんだぞ。――そんじゃ、な。」

列車《れっしゃ》のドアが開《ひら》くと、コガラシはそういって手《て》をふった。仕事終了《しごとしゅうりょう》って感《かん》じの、あっさりした態度《たいど》だ。

凛花《りんか》とは、ハグをかわした。ほんの短《みじか》いあいだすごしただけなのに、まるで昔《むかし》からの親友《しんゆう》だったみたいに、別《わか》れがおしくて二人《ふたり》で泣《な》いた。

なんでわたしだけ？ ……そんな言葉《ことば》は、もう凛花《りんか》の目《め》からは消《き》えさっていた。

「さくらちゃん。わたしが生《う》まれ変《か》わったら、また友《とも》だちになってね。」

「もちろん。新《あたら》しい人生《じんせい》、楽《たの》しんでね。凛花《りんか》ちゃん。」

遠《とお》ざかっていく列車《れっしゃ》に手《て》をふった。

凛花《りんか》はぶんぶんと、コガラシはめんどうくさそうに、手《て》をふりかえした。
列車《れっしゃ》が空《そら》の向《む》こうに見《み》えなくなっても、さくらはずっと手《て》をふりつづけた。
なみだをふいて、改札《かいさつ》をぬけると、そこはいつもと同《おな》じ帰《かえ》り道《みち》に見《み》えた。
けれども……油断《ゆだん》は禁物《きんもつ》だ。ちゃんと家《いえ》に帰《かえ》るまでが、カエリミチなのだから。
赤信号《あかしんごう》を守《まも》り、白線《はくせん》をふみ、さくらは家《いえ》へと帰《かえ》っていく。
夕暮《ゆうぐ》れの街《まち》を歩《ある》きながら、考《かんが》えた。
今日《きょう》のことは、なんだったんだろう。
コガラシはどうして、あんな仕事《しごと》してるんだろう。
凛花《りんか》は生《う》まれ変《か》わったら、どんな子《こ》どもになるだろう。
おばあちゃんの教《おし》えは、結局《けっきょく》どっちが正《ただ》しいんだろう。
考《かんが》えごとをしながら歩《ある》くうち、家《いえ》に着《つ》いた。見《み》なれた玄関《げんかん》。わたしの帰《かえ》る場所《ばしょ》。
帰宅《きたく》のあいさつは決《き》まっていた。
さくらは天《てん》を走《はし》る列車《れっしゃ》に聞《き》こえるように、大《おお》きく声《こえ》をはりあげた。
「ただいま！」

カエリミチ図《ず》鑑《かん》

※ 危険《きけん》のレベルはS（スペシャル危険《きけん》）にはじまり、A（危険《きけん》）、B（そこそこ危険《きけん》）、C（安全《あんぜん》）をしめします。
また、鉄道《てつどう》ファン数《すう》の場合《ばあい》はS、A、B、Cの順《じゅん》に、人数《にんずう》の多《おお》さをしめします。
なお、+、−はそれぞれのレベルの強《つよ》め、弱《よわ》めをあらわします。

File No. 03

名称《めいしょう》：魔列車《まれっしゃ》

データ DATA

ぎせい者数：C

鉄道《てつどう》ファン数《すう》：A

総合危険度《そうごうきけんど》 B- DANGER!!

死《し》んだ人間《にんげん》をあの世《よ》へ運《はこ》ぶ、カエリミチの列車《れっしゃ》。きれいな車両《しゃりょう》と最新《さいしん》のシステムで、「どなた様《さま》も快適《かいてき》なあの世《よ》への旅《たび》」をうたっている。まちがって乗車《じょうしゃ》した場合《ばあい》でも、すぐに乗《の》りかえれば問題《もんだい》ない。

名称《めいしょう》：車掌《しゃしょう》

カエリミチ鉄道《てつどう》ではたらく、風船《ふうせん》でできた車掌《しゃしょう》さん。仕事熱心《しごとねっしん》で、ルール違反《いはん》する乗客《じょうきゃく》にはきびしいが、きちんとあやまればだいたいのことはゆるしてくれる。鉄道好《てつどうず》き！っていうと超《ちょう》よろこんでくれる。

第《だい》三話《わ》

あざ笑《わら》うカゲ

⚠ 警告《けいこく》

カエリミチデハ　ツネニヒカゲヲアルクコト。

ヒナタヲ　アルイテハイケナイ……

ライオンとウサギ

——ぼくは悪《わる》くない。みんなだって、そうしてるんだ。


飯沼啓太《いいぬまけいた》は、自分《じぶん》にそういいきかせると、そそくさと校門《こうもん》のほうへ急《いそ》いだ。

しっかりと顔《かお》をふせ、自分《じぶん》のくつ先《さき》だけを見《み》つめて、なにも見《み》なかったふりをする。

近《ちか》くに何人《なんにん》か、クラスメイトがいた。みんな、啓太《けいた》とまるきり同《おな》じようなかっこうをして、逃《に》げるように校門《こうもん》へ足《あし》を急《いそ》がせている。まるきり、サバンナでライオンがあらわれて、いっせいに逃《に》げだす草食動物《そうしょくどうぶつ》のむれみたいだ。

問題《もんだい》は、ここがサバンナではなく、中学校《ちゅうがっこう》だってことだった。

「——おまえ、ムカつくんだよ。」

大川《おおかわ》の声《こえ》がひびいて、啓太《けいた》はぎくりとして立《た》ちどまった。

自分《じぶん》がいわれてるわけじゃない……わかっているのに、背《せ》すじがゾクッと冷《つめ》たくなった。

おそるおそる、ふりかえった。

体育館裏《たいいくかんうら》に通《つう》じる、細《ほそ》い草《くさ》やぶの道《みち》が見《み》える。

ふだんはだれも立《た》ちいらないその道《みち》のおくに、数人《すうにん》の男子生徒《だんしせいと》がかたまって、相良陸《さがらりく》をとりかこんでいた。

「なにが気《き》に入《い》らねえんだよ？　相良《さがら》。そんなにおれがきらいか？」

中心《ちゅうしん》にいるのは、大川剛史《おおかわたけし》だった。

人《ひと》をおどすために発《はっ》せられるような声《こえ》は、同《おな》じ中《ちゅう》一とは思《おも》えない。するどい目《め》つき。みんなより二回《ふたまわ》りも大《おお》きな体格《たいかく》は、なにか格闘技《かくとうぎ》をやってるってうわさだった。

希望《きぼう》あふれる中学校生活《ちゅうがっこうせいかつ》は、あいつといっしょのクラスになって終《お》わりをむかえた。

教室《きょうしつ》は広大《こうだい》なサバンナじゃない。小《ちい》さなカゴの中《なか》に、きょうぼうなライオンと、弱《よわ》っちいウサギたちを、まとめて放《ほう》りこんだらどうなると思《おも》う？

とうぜんのようにライオンは狩《か》りをはじめ、教室《きょうしつ》はしずかにパニックになった。

「お、おれは、べつに……。」

大川《おおかわ》ににらまれ、かべぎわに立《た》たされ、陸《りく》がふるえた声《こえ》をだした。

大川《おおかわ》の、一番《ばん》お気《き》に入《い》りのエモノだった。目《め》をつけられるようになったきっかけは、みんなとちがうことをして目立《めだ》ったからだ。

ライオンが狩《か》りをはじめたとき、ほかのウサギたちは、逃《に》げるか、自分《じぶん》がいかにマズいかをアピールしていた。

なのに陸《りく》は、ほかのやつが逃《に》げおくれそうになったときに、助《たす》けようとしたのだ。やめなよ、と。

〝見《み》せしめ〟という言葉《ことば》の意味《いみ》を、啓太《けいた》は理解《りかい》した。大川《おおかわ》は勉強《べんきょう》なんてできないが、そういうところだけは頭《あたま》がまわるのだ。おびえるウサギたちに、無言《むごん》のメッセージを送《おく》った。――おれにさからうようなやつには、一番《ばん》キツイ末路《まつろ》が待《ま》ってるんだ。こいつみたいにな。

いたぶられはじめた陸《りく》をしり目《め》に、一年B組《ねんビーぐみ》ウサギ一同《どう》、だれも大川《おおかわ》にさからおうとはしなくなった。

「お、おれは、大川《おおかわ》くんがきらいとか、いってるつもりないよ……。」

大川《おおかわ》の取《と》りまきたちに両側《りょうがわ》をはさまれ、口元《くちもと》をふるわせて陸《りく》がいう。

「ただ、女子《じょし》たちがこわがってたから。大川《おおかわ》くん、らんぼうなの、よ、よくないと思《おも》っただけだよ……。」

「は？　死《し》ねば？」

陸《りく》の言葉《ことば》に、大川《おおかわ》は顔面《がんめん》パンチでこたえた。

陸《りく》がうめいて地面《じめん》にしりをつく。その両《りょう》わきを取《と》りまきたちがつかみ、ひきおこした。

なにやってるんだよ——啓太《けいた》は内心《ないしん》で舌《した》うちした。だまってるのが一番《ばん》なんだ。

そいつには言葉《ことば》なんて、通《つう》じないんだから。

担任《たんにん》の先生《せんせい》は、子《こ》ども同士《どうし》のあらそいは、すべて話《はな》しあいで解決《かいけつ》できる主義者《しゅぎしゃ》で、まるきりたよりにならない。ライオンとウサギが話《はな》しあえるわけがない。

ウサギはかくれるか、逃《に》げるしかない。ライオンに口《くち》ごたえして、どうするんだよ。

「……大川《おおかわ》。少《すこ》し落《お》ち着《つ》いたら？」

桐谷宙《きりたにそら》がいった。

ほかの取《と》りまきたちとは少《すこ》しはなれて、校舎《こうしゃ》のかべによりかかり、本《ほん》を読《よ》んでいる。ページから目《め》をはなさないまま、落《お》ち着《つ》いた声《こえ》で大川《おおかわ》をさとした。

「すぐにカッとなるなよ。よくないよ、顔《かお》なぐるの。」

ほかのやつらなら、即《そく》、なぐりとばされるところだろうが、大川《おおかわ》はすなおにうなずいた。

桐谷《きりたに》は、私立《しりつ》の小学校《しょうがっこう》を卒業《そつぎょう》し、成績《せいせき》は学年《がくねん》トップ。全国模試《ぜんこくもし》でもトップレベル。代議士《だいぎし》の家系《かけい》で、親戚《しんせき》も医者《いしゃ》や弁護士《べんごし》がずらりのエリートだ。

なぜ大川《おおかわ》なんかとつるんでいるのか、啓太《けいた》には理解《りかい》できなかった。

「外《そと》からアザが見《み》えたら、先生《せんせい》たちだって、なにか対策《たいさく》しなきゃいけなくなるだろ。」

桐谷《きりたに》はいいつつ、きょうみなさそうに文庫本《ぶんこぼん》のページをめくった。

「子《こ》どもの事情《じじょう》で、大人《おとな》たちの手《て》をわずらわせるのはよくないよ。どうしてもやりたいなら、服《ふく》で見《み》えないところにすれば？」

「……そうだな。桐谷《きりたに》のいうとおりだ。」

大川《おおかわ》はうなずき、ぞっとする声《こえ》をだした。

「じゃあ、こうしよう。腹《はら》が十点《てん》、わき腹《ばら》としりが五点《てん》、顔《かお》に当《あ》てたらマイナス五十点《てん》。みんなで蹴《け》って、だれが一番相良《ばんさがら》からポイントをかせぐかってゲームだ。」

「……つまらないゲームするね。」

桐谷《きりたに》がつぶやいた。

「医者《いしゃ》が必要《ひつよう》なほどには、やらないことだよ。その場合《ばあい》、マイナス百点《てん》とかでいいんじゃない？」

ひとことつけくわえ、本《ほん》のページをめくる。

がつがつと蹴《け》りつける音《おと》がひびく。

陸《りく》のうめき声《ごえ》が聞《き》こえてきた。

関《かか》わりあいになっちゃいけない。

啓太《けいた》は顔《かお》をそむけると、校門《こうもん》へ向《む》かって足《あし》を速《はや》めた。

クラスがえまでの十か月《げつ》、逃《に》げきらなきゃ。

あるいは残《のこ》りの中学校生活《ちゅうがっこうせいかつ》、二年《ねん》十か月《げつ》……あのきょうぼうなライオンから、逃《に》げきらなきゃ。

……自分以外《じぶんいがい》のだれかが、食《く》われているあいだに。

それが、あわれなウサギたちにできる、たった一《ひと》つの生《い》き残《のこ》り戦略《せんりゃく》だった。

まわりにいたみんな、同《おな》じ思《おも》いでいる。


——そうだ、ぼくは悪《わる》くない。みんなだって、そうしてるんだ。

——元《もと》はといえば、みんなとちがうことして目立《めだ》った陸《りく》が悪《わる》いともいえる。ぼくは悪《わる》くない。

——ぼくはただ、みんなと同《おな》じにしてる。それだけなんだ。


啓太《けいた》は校門《こうもん》をくぐり、いつもの帰《かえ》り道《みち》を歩《ある》いた。

……ふと、気《き》づいた。

様子《ようす》がおかしい。あたりに人《ひと》の気配《けはい》がないのだ。さっきまで、ほかの子《こ》たちもいたのに。

学路

「くっそぉぉぉぉっ……！」

と、道《みち》の向《む》こうから子《こ》どもが走《はし》ってきた。

チビすけだ。深緑色《ふかみどりいろ》のマントのようなコート。ひたいにゴーグル。ボロボロの雨《あま》ガサを刀《かたな》のように腰《こし》にさしている。

「商売《しょうばい》はんじょうすぎるぞごらぁぁぁっ！」

少年《しょうねん》はわけのわからないことをわめくと、一直線《いっちょくせん》に啓太《けいた》のほうへかけてきた。

とまどう啓太《けいた》に、さらにわけのわからないカエリミチとやらの話《はなし》を、一方的《いっぽうてき》にまくしたてはじめた。

日《ひ》かげと日《ひ》なた

「――と、まあ、そういうわけだ！　わかったか？」

わかりません。

いきおいこんで話《はな》しおえた少年《しょうねん》に、啓太《けいた》はぽかんとして頭《あたま》をかいた。

早口《はやくち》でまくしたてられた少年《しょうねん》の話《はなし》をまとめると、つまりこういうことだ。

ここはいつもの帰《かえ》り道《みち》に見《み》えているが、じつはカエリミチという、裏《うら》の世界《せかい》である。

カエリミチには、バケモノやトラップがたくさんあって、そいつらにつかまってしまったら、二度《ど》と家《いえ》には帰《かえ》れなくなってしまう。

少年《しょうねん》はすごうでの帰宅請負人《きたくうけおいにん》であって、カエリミチの子《こ》どもを、無事《ぶじ》に家《いえ》まで帰《かえ》す商売《しょうばい》をしている……。

「……あのさあ。そういうごっこ遊《あそ》びは、友《とも》だちとやれよな。」

「あ、やめ。そういうの、やめ。」

少年《しょうねん》は指《ゆび》で×をつくる。

「今日《きょう》はすげえいそがしいんだ。さくっと納得《なっとく》してほしい。オレは遊《あそ》んでないし、これは夢《ゆめ》でもない。オッケー？　オッケーだな？」

やたら強引《ごういん》に押《お》しきってくる。

啓太《けいた》はつい、うなずいてしまった。

「すまねえが、いっしょについてってもやれねえ。このあとすぐ、べつんとこ行《い》かなくちゃいけねえんだ。これからオレがいうことを守《まも》って、自力《じりき》で家《いえ》まで帰《かえ》ってくれ。料金《りょうきん》は、サービスしといてやるからよ。」

勝手《かって》に決《き》めるなよ――口《くち》を開《ひら》きかけた啓太《けいた》にかまわず、少年《しょうねん》は地面《じめん》を指《ゆび》さした。

「いいか？　今《いま》から家《いえ》に帰《かえ》るまで――〝日《ひ》なた〟を歩《ある》かないようにするんだ。」

アスファルトの地面《じめん》。

その光《ひか》った部分《ぶぶん》を、じっとにらみつけている。

今日《きょう》は、午前授業《ごぜんじゅぎょう》だった。初夏《しょか》の太陽《たいよう》はまだ天高《てんたか》くにあって、ぎらぎらと地上《ちじょう》に照《て》りつけている。

太陽《たいよう》の光《ひかり》を受《う》けて、道路《どうろ》の上《うえ》にはいろいろなカゲがうつりこんでいた。家々《いえいえ》の三角屋根《さんかくやね》。フェンスのあみ目《め》。のびた電柱《でんちゅう》。そして少年《しょうねん》と啓太《けいた》のカゲも。

「カゲっていうのは、基本的《きほんてき》には無害《むがい》なやつらなんだ。」

いろんなカゲを、あれこれと指《ゆび》さしながら、少年《しょうねん》がいう。

「表舞台《おもてぶたい》とは、エンのないやつらだからさ。野心《やしん》や欲望《よくぼう》なんて、持《も》ってないんだ。ただまねっこが好《す》きなだけでさ。」

と、少年《しょうねん》は、ととん、と自分《じぶん》のカゲをブーツでふんだ。

とうぜん、少年《しょうねん》のカゲもふみかえす。

少年《しょうねん》のくつの裏《うら》と、カゲのくつの裏《うら》が、アスファルトの地面《じめん》の上《うえ》でぴたりとあわさる。

「こうして遊《あそ》ぶくらいで、あとはおとなしく、ひっそり暮《く》らしてるんだ。カエリミチにはくせ者《もの》が多《おお》いけど、かわいいやつらなんだよ。」

と、自分《じぶん》のカゲとジャンケンをはじめる。

どうしても勝《か》てねえんだよなあ……と肩《かた》をすくめた。

「でも今日《きょう》は、なんだかカエリミチの様子《ようす》がおかしいんだ。いくらカゲが無害《むがい》なやつらだからって、こういうときは注意《ちゅうい》したほうがいい。」

照《て》りつける太陽《たいよう》をまぶしげに見上《みあ》げた。

「こういう強《つよ》い日《ひ》の光《ひかり》に描《えが》かれてると、カゲはだんだん力《ちから》をつけていっちまうんだ。あまり力《ちから》をあたえちゃいけねえ。よからぬことを考《かんが》えるやつも、でてくるかもしれねえ。」

「よからぬことって……カゲがかよ。」

「そうだ。表《おもて》にだしておかないほうがいい。だから、こうやってさ。」

と、少年《しょうねん》は小走《こばし》りに走《はし》っていった。

わきに立《た》った民家《みんか》に日《ひ》の光《ひかり》がさえぎられ、日《ひ》かげができている。その中《なか》へとびこむ。

真《ま》っ暗《くら》な日《ひ》かげの中《なか》に、少年《しょうねん》のカゲがのまれて消《き》えた。

「日《ひ》かげの中《なか》に入《はい》っちまえば、カゲは消《き》えてねむっちまうんだ。」

と、少年《しょうねん》はスキップし、わきの電柱《でんちゅう》がつくった日《ひ》かげまで移動《いどう》した。

少年《しょうねん》のカゲがでて、また消《き》えた。

「こうやって日《ひ》かげをつたいあるいて帰《かえ》れば、カゲの力《ちから》をおさえたまま、家《いえ》に帰《かえ》ることができるんだ。日《ひ》なたにでているのは……せいぜい、連続《れんぞく》で十秒《びょう》までにしろ。それ以上《いじょう》、カゲを表《おもて》にだしておくな。」

少年《しょうねん》はコートの下《した》から、懐中時計《かいちゅうどけい》をとりだした。やべっ、と、その場《ば》でかけ足《あし》する。

「もう行《い》かなきゃ。……確認《かくにん》だ。カゲをなるべく、外《そと》にださないようにして帰《かえ》れ。それさえ守《まも》れば、無事《ぶじ》に家《いえ》までたどりつける。家《いえ》に帰《かえ》ったら、ただいまっていうんだ！」

少年《しょうねん》は、ぐっ、とガッツポーズをとった。

「じゃ、オレ、急《いそ》ぐから行《い》くぞ。じゃあな！　ちゃんと守《まも》れよ！」

一方的《いっぽうてき》にまくしたてると、少年《しょうねん》は行《い》ってしまった。日《ひ》かげから日《ひ》かげのあいだをつたって、ダッシュで遠《とお》ざかっていく。

「……なんだったんだ？　アイツは。」

啓太《けいた》は、ぽかんとして少年《しょうねん》を見《み》おくった。

ぽりぽり頭《あたま》をかき、肩《かた》をすくめた。

「カゲを表《おもて》にださないように、日《ひ》かげをつたって家《いえ》に帰《かえ》れだって？　子《こ》どもの遊《あそ》びかよ。」

啓太《けいた》は空《そら》を見上《みあ》げ、地面《じめん》を見下《みお》ろした。

天《てん》から照《て》りつける太陽《たいよう》の光《ひかり》。

地上《ちじょう》につくられた自然物《しぜんぶつ》、建造物《けんぞうぶつ》。

それらがいっしょになって、地面《じめん》の上《うえ》を、二《ふた》つのエリアにぬりわけている。

〝日《ひ》かげ〟と〝日《ひ》なた〟。

二《ふた》つの勢力《せいりょく》が、まるで陣《じん》とり合戦《がっせん》のように、地面《じめん》の上《うえ》であらそいをくりひろげている。

陰陽道《おんみょうどう》、という言葉《ことば》が頭《あたま》をよぎった。

はるか昔《むかし》にあった、呪術《じゅじゅつ》（おまじないや魔法《まほう》のようなもの）の考《かんが》えかただ。

あらゆるものは陰《いん》と陽《よう》から生《しょう》じ、災厄《さいやく》や吉凶《きっきょう》は、すべてこれにより決《き》まる。陰《いん》と陽《よう》。……日《ひ》かげと日《ひ》なた。

きれいにぬりわけられた地面《じめん》が、まるで呪術《じゅじゅつ》の結界《けっかい》に見《み》えてきた。

「……ま、つきあってやるか。」

啓太《けいた》はぽつりとつぶやいて、地面《じめん》に足《あし》をふみだした。

行《い》けるところまで……

学校《がっこう》から啓太《けいた》の家《いえ》までの道《みち》のりは、大《おお》きく三《みっ》つのブロックに分《わ》かれる。

一《ひと》つは、ブロックべいのならんだ通《とお》り。

一《ひと》つは、木々《きぎ》の生《お》いしげった公園《こうえん》の中《なか》。

一《ひと》つは、家《いえ》までつづく、細《ほそ》い小道《こみち》。

近道《ちかみち》や遠《とお》まわりはない。啓太《けいた》は必《かなら》ず三《みっ》つのルートを通《とお》って、家《いえ》まで帰《かえ》りつくことになる。

すべてのルートを、地面《じめん》にできた日《ひ》かげを通《とお》っていかなければならない。

十秒《びょう》以《い》上《じょう》、カゲを表《おもて》にだしたら、ゲーム

オーバー。

「……ったく、子《こ》どもってバカらしいよな。」

啓太《けいた》はふんと鼻息《はないき》をついて、生《お》いしげった木々《きぎ》で木《こ》かげになった下《した》を進《すす》んだ。

一《ひと》つめの通《とお》りにでた。

古《ふる》い家々《いえいえ》を右手《みぎて》に、ブロックべいがずっと向《む》こうまでつづいている道路《どうろ》だ。

一直線《いっちょくせん》にのびたアスファルトの道路《どうろ》は、きれいに真《ま》ん中《なか》からエリアが分《わ》かれている。

太陽《たいよう》の光《ひかり》に照《て》らされ、ぎらぎら熱《ねっ》せられた日《ひ》なた。

光《ひかり》をブロックべいにさえぎられ、冷《つめ》たく暗《くら》い日《ひ》かげ。

「べつに信《しん》じたわけじゃないけどさ……。」

啓太《けいた》は、道《みち》の日《ひ》かげのほうによった。

ふつうに立《た》つと、カゲの頭《あたま》の部分《ぶぶん》が日《ひ》なたにでてしまうので、ちょっと腰《こし》をかがめた。

啓太《けいた》のカゲは、日《ひ》かげにすっぽりとおさまり、見《み》えなくなった。

「……こうしないと、カゲがだんだん力《ちから》をつけて、よからぬことを考《かんが》えるって？

バッカみてえ。」

そのまま、啓太《けいた》は道《みち》を歩《ある》いていった。

一人《ひとり》、文句《もんく》をつぶやきながら進《すす》んでいく。

「カゲなんて、世界中《せかいじゅう》どれだけあると思《おも》ってるんだよ。何千人《なんにん》、何万人《なんにん》も人《ひと》がいたら、それと同《おな》じだけのカゲがすみついてるってこと？」

大《おお》きな声《こえ》をはりあげながら、歩《ある》く。

「まったく、あの子《こ》ども、なんだっててんだよ。ヘンなかっこして、ヘンなこといっちゃってさ。あのカサはなんだっつうの。刀《かたな》か？」

自分《じぶん》の声《こえ》を、確認《かくにん》しながら歩《ある》く。

……だって、そうしないと、どこまで歩《ある》いても人《ひと》っ子《こ》ひとり見《み》あたらないことに、虫《むし》の鳴《な》き声《ごえ》一《ひと》つ聞《き》こえてこないことに……たえきれなくなりそうだったので。

「だれかいないの？」

啓太《けいた》は声《こえ》をはりあげる。

「だれもいないのかよう！」

……返事《へんじ》はない。

啓太《けいた》はそのまま歩《ある》き、ブロックべいの道《みち》をぬけた。

つぎは公園《こうえん》だった。

緑《みどり》が多《おお》い大《おお》きな公園《こうえん》で、ぽつぽつと遊具《ゆうぐ》も設置《せっち》されている。

「日《ひ》かげは……と。」

啓太《けいた》は入《い》り口《ぐち》の看板《かんばん》の日《ひ》かげにかくれ、中《なか》の様子《ようす》をうかがった。

「今度《こんど》はちょっと、むずかしいな。」

一《ひと》つめのルートは、ブロックべいのおかげで、ずっと日《ひ》かげの中《なか》を歩《ある》いていられた。

でも今度《こんど》は、難易度《なんいど》が上《あ》がっている。連続《れんぞく》してのびた日《ひ》かげがないのだ。一《ひと》つめのルートが、日《ひ》なたと日《ひ》かげが、同《おな》じ兵力《へいりょく》で、にらみあいをしている戦場《せんじょう》だったとしよう。

この二《ふた》つめのルートは、広大《こうだい》な日《ひ》なた軍《ぐん》の陣地《じんち》の中《なか》に、ぽつぽつといる日《ひ》かげ軍《ぐん》がゲリラ戦《せん》で抵抗《ていこう》している……そんな感《かん》じなのだ。

啓太《けいた》はすばやく、公園内《こうえんない》の兵力《へいりょく》――もとい、日《ひ》かげの位置《いち》と大《おお》きさを確認《かくにん》した。

あちこちに、植《う》えられた木々《きぎ》がつくる日《ひ》かげがある。形《かたち》も大《おお》きさもいろいろだ。細《ほそ》い木《き》、低《ひく》い木《き》、はげた木《き》は、つくる日《ひ》かげも小《ち》さい。啓太《けいた》のカゲをかくすには、足《た》りないだろう。葉《は》の生《お》いしげった太《ふと》い幹《みき》の木《き》の下《した》に、安全《あんぜん》そうな日《ひ》かげが広《ひろ》がっていた。

ところどころの遊具《ゆうぐ》。鉄棒《てつぼう》や登《のぼ》り棒《ぼう》やうんてい……棒系《ぼうけい》の遊具《ゆうぐ》は、日《ひ》かげが細《ほそ》くて使《つか》えない。シーソーも細《ほそ》い。バネでゆれる馬《うま》の遊具《ゆうぐ》は小《ち》さすぎ。すべり台《だい》は、下《した》に長《なが》い日《ひ》かげをつくっていて、うまくかくれながら進《すす》めば距離《きょり》をかせげそうだった。大型《おおがた》の箱《はこ》ブランコの下《した》も安全《あんぜん》そうだ。

頭《あたま》の中《なか》でルートを確認《かくにん》すると、啓太《けいた》は、よし、とうなずいた。

「飯沼啓太《いいぬまけいた》――出撃《しゅつげき》ッ！」

看板《かんばん》の日《ひ》かげをとびだした。

啓太《けいた》のカゲが、日《ひ》なたの上《うえ》に浮《う》かびあがる。

公園《こうえん》の中《なか》へかけこむと、手近《てぢか》な樹木《じゅもく》のつくった日《ひ》かげへとびこんだ。啓太《けいた》のカゲは、日《ひ》かげの中《なか》に消《き》えた。

「……無事《ぶじ》、第一陣地《だいいちじんち》へ到着《とうちゃく》した。作戦続行《さくせんぞっこう》。これより第二陣地《だいにじんち》へ向《む》かう。」

しんちょうに地面《じめん》を見《み》やって、つぎの日《ひ》かげとの距離《きょり》を確認《かくにん》する。

「行《い》くぞっ！」

気合一発《きあいいっぱつ》、身《み》をふせて、啓太《けいた》は公園《こうえん》の中《なか》をかけぬけた。

一秒《びょう》、二秒《びょう》、三秒《びょう》……。

五秒《びょう》めで、すべり台《だい》のつくった日《ひ》かげにもぐりこんだ。はあはあと息《いき》をはずませながら、自分《じぶん》のカゲがはみでないように注意《ちゅうい》する。

すべり台《だい》の細長《ほそなが》い日《ひ》かげをたどり、先《さき》まで行《い》くと、また身《み》がまえた。

「でやあっ！」

全力《ぜんりょく》でかけた。箱《はこ》ブランコのところまで来《く》ると、そのままヘッドスライディング

よろしく、ブランコ下《した》にできた日《ひ》かげへ頭《あたま》からとびこんだ。

ブランコの下《した》で、ほふく前進《ぜんしん》みたいなかっこうになる。制服《せいふく》が砂《すな》でべったりよごれた。

「なんか……これはこれで楽《たの》しいかも。」

飯沼啓太《いいぬまけいた》・十三歳《さい》、日《ひ》かげを歩《ある》くのにハマる。

もう何年《なんねん》も、こんなことしていなかった。帰《かえ》り道《みち》、遊《あそ》ぶようなこと。

以前《いぜん》は、いつも友《とも》だちと遊《あそ》んで帰《かえ》ってたのに。陸《りく》とだって。

まだ小学校《しょうがっこう》の低学年《ていがくねん》のころ、啓太《けいた》と陸《りく》は同《おな》じクラスだったことがある。帰《かえ》り道《みち》がとちゅうまでいっしょで、よくいっしょに遊《あそ》びながら帰《かえ》った。

学年《がくねん》がかわって、ちがうクラスになってからは、そういうこともなくなった。中《ちゅう》学校《がっこう》に入《はい》って、また同《おな》じクラスになるまで、ほとんどしゃべることもなかった。

中学生《ちゅうがくせい》になったあいつは、昔《むかし》とぜんぜん変《か》わっていなかった。大人《おとな》たちのいうこ

とをすなおに聞《き》いてた子《こ》どものころと。**『人《ひと》にはやさしく接《せっ》しましょう』とか、『こまってる人《ひと》がいたら、力《ちから》になりましょう』とか。**

……**『友《とも》だちとは助《たす》けあいましょう』**とか。

――そんなこと、しなきゃよかったんだぞ、陸《りく》。

「ラストだっ！」

啓太《けいた》は箱《はこ》ブランコの日《ひ》かげからとびだし、全力《ぜんりょく》で走《はし》って公園《こうえん》の敷地《しきち》をぬけた。

出口《でぐち》わきの、大《おお》きな樹木《じゅもく》のつくった日《ひ》かげへ身《み》をかくし、はぁはぁと息《いき》をついた。

第《だい》二ルート、突破《とっぱ》。さすがだ、よくやった、飯沼啓太《いいぬまけいた》。

問題《もんだい》は……。

すぐそこに、最後《さいご》のルートがあった。

啓太《けいた》は、小道《こみち》の入《い》り口《ぐち》から、中《なか》をのぞきこんだ。

細《ほそ》い道《みち》のずっと向《む》こうに、啓太《けいた》の家《いえ》が見《み》えている。

あそこが目的地《もくてきち》だ。たどりついて、ただいまってさけべば、任務完了《にんむかんりょう》、ミッションコンプリート。

問題《もんだい》は……日《ひ》かげがまったくないことだった。

太陽《たいよう》の光《ひかり》が、なんにもさえぎられることなく、道《みち》のすべてを日《ひ》なたにぬりつぶしている。

ついにたどりついた敵本陣《てきほんじん》の守《まも》りは、かたかった。展開《てんかい》した日《ひ》なた軍《ぐん》を前《まえ》に、日《ひ》かげ軍《ぐん》は一分《ぶ》も入《はい》りこむ余地《よち》がないのだ。

敵《てき》の本陣《ほんじん》へ、たったひとりでの潜入《せんにゅう》……助《たす》けはない。もしキミがつかまっても、救助《きゅうじょ》は期待《きたい》しないでくれたまえ。それでも行《い》くかね？　啓太軍曹《けいたぐんそう》？

さて、どうしよう――啓太《けいた》は、慎重《しんちょう》に情報《じょうほう》を集《あつ》めた。

家《いえ》までの距離《きょり》は、何《なん》メートルだ？　五十メートルよりは長《なが》く、百メートルよりは短《みじか》い。走《はし》って十秒《びょう》……ギリギリってところだろうか。

啓太《けいた》はふと、空《そら》を見上《みあ》げた。

太陽《たいよう》はさっきより、かたむいてきていた。

大《おお》きな雲《くも》がたなびき、太陽《たいよう》のほうへ近《ちか》づいている。

そうだ、と啓太《けいた》は口笛《くちぶえ》をふいた。待《ま》てばいいんだ。

もうちょっとすれば、太陽《たいよう》の角度《かくど》が低《ひく》くなって、道《みち》のはしに日《ひ》かげができはじめるはずだ。それを通《とお》っていけばいい。

あるいは、雲《くも》が太陽《たいよう》をおおってくれるかもしれない。そうすれば日《ひ》なたは全滅《ぜんめつ》だ。ゆっくりと散歩《さんぽ》でもするように、家《いえ》まで帰《かえ》ることができるだろう。

啓太《けいた》は木《こ》かげの中《なか》で、木《き》の幹《みき》によりかかり、待《ま》つことにした。のんびりと空《そら》を見上《みあ》げた。太陽《たいよう》が照《て》っている。雲《くも》が流《なが》れていく。

帰《かえ》り道《みち》に空《そら》があるのを見《み》たの、いつ以来《いらい》だろう?

大川《おおかわ》と同《おな》じクラスになってから、うつむいて帰《かえ》るようになった。いつも目《め》をふせ、目立《めだ》たないように、ひっそりと。そんな帰《かえ》り道《みち》は、すごくつまんなかった。

陸《りく》と遊《あそ》んで帰《かえ》ってたときは、ぜんぜんちがう道《みち》だったのに。

(ぼく、なにやってたんだろう……。陸《りく》は友《とも》だちなのに。あんなにいっしょに遊《あそ》んだのに。)

啓太《けいた》はこぶしをにぎりしめた。

（なんでぼくは陸《りく》を助《たす》けてやらないんだ。陸《りく》はぼくを助《たす》けてくれたのに。）

そもそも、大川《おおかわ》と同《おな》じクラスになって、真《ま》っ先《さき》に目《め》をつけられたのは、啓太《けいた》のほうだったのだ。

そのとき陸《りく》は、啓太《けいた》をかばおうとしてくれた。

『友《とも》だちとは助《たす》けあいましょう』。きっと、そんな教《おし》えを守《まも》って。

啓太《けいた》は助《たす》けなかった。大川《おおかわ》のターゲットが陸《りく》へうつったのをいいことに、見《み》て見《み》ぬふりをすることにした。

最低《さいてい》だ。

（あやまらなくちゃ。）

そう思《おも》った。

（家《いえ》に帰《かえ》ったら、陸《りく》に電話《でんわ》をかけよう。ごめんってあやまろう。）

家《いえ》に帰《かえ》ったら。

玄関《げんかん》をくぐって、ただいまっていったら……。

『なに？　あれぇ』

と、背中《せなか》のほうから声《こえ》が聞《き》こえた。
啓太《けいた》はおどろいてふりかえった。
制服《せいふく》すがたの学生《がくせい》が数人《すうにん》、向《む》こうの日《ひ》なたから、ちらちらとこちらを見《み》ていた。
啓太《けいた》を指《ゆび》さし、クスクスと……笑《わら》っているみたいだ。
『一人《ひとり》でなにやってるんだろうね？　――ダサ。』
『中学生《ちゅうがくせい》にもなって、あんな遊《あそ》びはないよね～。』
『知《し》らない子《こ》どものいうことなんて、真《ま》に受《う》けちゃってさぁ。』
『みんな、そんなことやってないのにね～。』
ケラケラと、バカにするような笑《わら》い声《ごえ》がひびく。
啓太《けいた》のほおは、かあっと熱《あつ》くなった。
（……なにが、人間《にんげん》のいない裏《うら》の世界《せかい》だよ。ちゃんと、ほかにも人《ひと》がいるじゃない

か。あいつ、うそっぱちいいやがって。）
ぼく、いったいなにやってるんだろう。
あんなヘンな子《こ》どものいうことなんか真《ま》に受《う》けて。
（……帰《かえ》ろう。バカバカしい。）
啓太《けいた》は足《あし》をふみだした。

啓太《けいた》はもっと、笑《わら》う彼《かれ》らを確認《かくにん》するべきだったのだ。
そうすれば、気《き》づいたはずだった。
彼《かれ》らの顔《かお》に、光《ひかり》が一切《いっさい》、さしていないことに。

ぼくはどこへ!?

あざ笑《わら》う人《ひと》たちから逃《に》げるように、啓太《けいた》は木《こ》かげをでた。
太陽《たいよう》の光《ひかり》に照《て》らされ、啓太《けいた》のカゲが、背後《はいご》の地面《じめん》にくっきりと浮《う》かびあがった。
啓太《けいた》はもう、カゲのことなんて気《き》にしなかった。
家《いえ》をめざして、ゆっくりと小道《こみち》を歩《ある》きはじめた。

一秒《びょう》、二秒《びょう》。
啓太《けいた》は歩《ある》いた。

三秒《びょう》、四秒《びょう》。
なんでもなかった。

五秒《びょう》。

六秒《びょう》。

七秒《びょう》。

……ふと、気配《けはい》を感《かん》じた。

背後《はいご》からだった。だれかが、うしろから、啓太《けいた》を見《み》ている。

啓太《けいた》は早足《はやあし》になった。

八秒《びょう》。

九秒《びょう》。

なにかいる。

まちがいない。なにかがぴたりと背後《はいご》から、啓太《けいた》のうしろをついてきている。

啓太《けいた》は全速力《ぜんそくりょく》で走《はし》りはじめた。のどが干上《ひあ》がる。もう十秒《びょう》はすぎていた。

ポーチへかけこんだ。息《いき》をととのえる。背後《はいご》の気配《けはい》は、いつのまにかなくなっていた。

啓太《けいた》はおそるおそる、うしろをふりかえった。

……だれもいない。

日《ひ》の光《ひかり》に照《て》らされた小道《こみち》が、のびているだけだ。

気《き》のせいだったんだ。啓太《けいた》は苦笑《にがわら》いした。

息《いき》をととのえると、玄関《げんかん》のドアノブに手《て》をかけた。

ドアを開《あ》けながら、声《こえ》をはりあげた。

「ただい――」

ま。


いいきる寸前《すんぜん》、背後《はいご》からのびた手《て》が啓太《けいた》の口《くち》をふさいだ。

啓太《けいた》は目《め》を見《み》ひらいた。

光《ひかり》のない、真《ま》っ暗闇《くらやみ》でできた手《て》。

それが、ぎゅううっと力《ちから》をこめて、啓太《けいた》の口《くち》をおさえつけていた。

『……バカなやつ。せっかく、忠告《ちゅうこく》してもらったのに。』

背中《せなか》から声《こえ》が聞《き》こえた。

啓太《けいた》はふりほどこうとしたが、無理《むり》だった。びくともしない。それに、手《て》も足《あし》も動《うご》かない。両手足《りょうてあし》を、おさえつけられているらしい。

『ざんねんだったね。もうちょっとだったのに。』

真《ま》っ黒《くろ》な手《て》が、啓太《けいた》の手《て》をドアノブからひきはがした。

『ゲームオーバー。……キミは、家《いえ》に帰《かえ》れなくなっちゃった。』

――バタン

啓太《けいた》の鼻先《はなさき》で、いきおいよく玄関《げんかん》のドアをしめた。

うーっ、うーっ！ もがく啓太《けいた》を、むりやりくるりと反対《はんたい》に向《む》かせる。

さっきの……制服《せいふく》を着《き》たやつらが立《た》っていた。啓太《けいた》の手足《てあし》は、そいつらにおさえこまれているらしい。

そいつらの顔《かお》には光《ひかり》がささず……真《ま》っ黒《くろ》なカゲがうずまいている。

(こいつら……人間《にんげん》じゃないんだ……。)

啓太《けいた》は、ぼうぜんと立《た》ちつくした。

『キミはあのまま、日《ひ》かげができるまで、待《ま》ってればよかったんだよ。』

背後《はいご》の声《こえ》がいった。

『なのに、ちょっとカゲたちにからかわれたくらいで、せっかくの忠告《ちゅうこく》をフイにしちゃって。バカだね。』

カゲたちがクスクスと笑《わら》った。さっき、こいつらが啓太《けいた》をあざ笑《わら》ったのは、ワナだったんだ。

道《みち》の向《む》こうを、見《み》なれないものが、たくさん通《とお》りがかっていくのが見《み》えた。

バイクにまたがった顔《かお》のないライダー。

屋根《やね》の高《たか》さまでもある巨大《きょだい》なゴーレム。

全身風船《ぜんしんふうせん》でできた男《おとこ》が、『傍観者《ぼうかんしゃ》』とマジックで書《か》かれた顔《かお》をこちらへ向《む》けている。

空《そら》に大《おお》きな顔《かお》が浮《う》かんで、おもしろそうにゲラゲラ笑《わら》った。

（あいつのいっていたことは、本当《ほんとう》だったんだ……。ここは、バケモノだらけのカエリミチだったんだ……。）

啓太《けいた》の足《あし》は、かたかたとふるえた。

『キミは、みんなと同《おな》じようにしてないと、不安《ふあん》でたまらないみたいだ。』

背後《はいご》にいたそいつは、そういって啓太《けいた》の目《め》の前《まえ》にまわりこんできた。

啓太《けいた》と同《おな》じ背《せ》の高《たか》さ。啓太《けいた》と同《おな》じ体格《たいかく》。……啓太《けいた》と同《おな》じ顔《かお》。

ただ全身《ぜんしん》に光《ひかり》がささず、真《ま》っ暗闇《くらやみ》でできている。

そいつは……啓太《けいた》のカゲだった。

『キミはどうしても、みんなと同《おな》じようにふるまいたいみたいだ。友《とも》だちがいじめられていても、しらんぷりするくらいに。……地面《じめん》の上《うえ》からそんなキミを見《み》ていて、ボク、こんなこと考《かんが》えちゃったんだ。』

カゲはニコニコ笑《わら》って、啓太《けいた》の両肩《りょうかた》をつかんだ。

『みんなのまねっこするだけなら——ボクのほうがうまくできるのにな、って。』

もがく啓太《けいた》に顔《かお》をよせ、ささやいた。

――だから交代《こうたい》しようよ。ボクらの役割《やくわり》。

どんっ。


啓太《けいた》はカゲにつきとばされて、背中《せなか》から地面《じめん》にたおれこんだ。

すぐに立《た》ちあがろうとした。けれど、手《て》も足《あし》も動《うご》かなかった。

さけぼうとした。声《こえ》もでなかった。

もう、だれにもつかまれていないのに。

いつのまにか、啓太《けいた》の視界《しかい》は低《ひく》くなっていた。地面《じめん》の上《うえ》すれすれのところから、カゲを見上《みあ》げていた。

(どうして……。)

見上《みあ》げるカゲの体《からだ》に、みるみる光《ひかり》がさしていく。暗闇《くらやみ》でできた体《からだ》が、啓太《けいた》になっていく。

逆《ぎゃく》に、啓太《けいた》だった体《からだ》は、みるみる暗《くら》くなっていった。

ズブ、ズブ……と地面《じめん》の中《なか》に、しずみこんでいく。

「……これからは、ボクが本体《ほんたい》で、キミがカゲだ。」

啓太《けいた》になったカゲは、カゲになった啓太《けいた》を見下《みお》ろし、満足《まんぞく》そうにうなずいた。

「だいじょうぶ。得意《とくい》なんだよ、人《ひと》のまねっこは。カゲだからね。」

きびすを返《かえ》し、玄関《げんかん》のドアノブへ手《て》をかけた。

よせ！　啓太《けいた》はさけんだが、声《こえ》はでなかった。

ドアを開《あ》けながら……啓太《けいた》になったカゲは、声《こえ》をはりあげた。

「ただいま！」

空気《くうき》が変《か》わった。

遠《とお》くに見《み》えていたバケモノたちが、霧《きり》のようにとけて消《き》えていった。

啓太《けいた》は、玄関《げんかん》のゆかにうつったカゲとなって、ぼうぜんと自分《じぶん》の体《からだ》を見上《みあ》げていた。

啓太《けいた》になったカゲは、啓太《けいた》のくつを脱《ぬ》ぎすて、玄関《げんかん》に侵入《しんにゅう》した。リビングへつづくドアを開《あ》けた。

ちょうどでてきたお母《かあ》さんと、はちあわせした。

「……啓太《けいた》?」

お母《かあ》さんは、ちょっとびっくりしたような顔《かお》で、啓太《けいた》となったカゲを見《み》つめている。

啓太《けいた》はさけんでいた。お母《かあ》さん、気《き》をつけて! カゲに体《からだ》を乗《の》っとられたんだ!

こいつ、ニセモノなんだ!

お母《かあ》さんは、啓太《けいた》となったカゲを、しばらくじっと見《み》つめていた。

それから、いつもどおりのやさしい笑顔《えがお》でいった。

「……おかえりなさい、啓太《けいた》。」

ちがう! お母《かあ》さん!

「手《て》、あらってらっしゃい。夕《ゆう》ご飯《はん》は、啓太《けいた》の好《す》きなハンバーグよ。」

ちがうんだ! こいつはニセモノなんだよ! ぼくじゃないんだ!

「わあ、うれしいなあ。一度《ど》、食《た》べてみたかったんだ、啓太《けいた》のお母《かあ》さんのハンバーグ。」

「?　なにいってるの。しょっちゅう食《た》べてるじゃないの。」

「うん。これからもいつでも、食《た》べられるしね。」

啓太《けいた》になったカゲは、にっこりと笑《わら》った。

「ありがとう、お母《かあ》さん!」

お母《かあ》さんは、うれしそうに笑《わら》った。

啓太《けいた》はぼうぜんと、ゆかの上《うえ》からお母《かあ》さんを見上《みあ》げていた。

……お母《かあ》さんのその笑顔《えがお》は、いつも啓太《けいた》に向《む》けてるものより……愛情《あいじょう》がこもっているように見《み》えた。


それからカゲは、啓太《けいた》のかわりに生活《せいかつ》をはじめた。

啓太《けいた》が食《た》べるはずだった食事《しょくじ》をし、啓太《けいた》が入《はい》るはずだったおふろに入《はい》り、啓太《けいた》の持《も》ち物《もの》のゲームで遊《あそ》んだ。

お母《かあ》さん。お父《とう》さん。お姉《ねえ》ちゃん。近所《きんじょ》のおばさん。

カゲがだれかに会《あ》うたびに、啓太《けいた》はゆかや地面《じめん》の上《うえ》から、必死《ひっし》に声《こえ》をはりあげた。

助《たす》けて！

でも、だれも啓太《けいた》のことなんて気《き》づかなかった。啓太《けいた》となったカゲを、本物《ほんもの》だと思《おも》いこんだ。

「だってキミ、そういう生《い》きかたをしてきたんだもの。」

カゲは笑《わら》った。

「だれかととりかえちゃっても、だれも気《き》づかない生《い》きかたをね。みんなと同《おな》じようにばかりしてたから。キミは、キミじゃなくてもよかったんだ。」

カゲは、かべにうつった啓太《けいた》とジャンケンをはじめた。

「キミはボクのまねをして生《い》きつづけるんだよ。……一生《いっしょう》ね。」

だれか、助《たす》けてくれ。

こんなのはいやだ。

一生《いっしょう》、地面《じめん》の上《うえ》で、自分《じぶん》のまねをしつづけるのなんていやだ！

お母《かあ》さん！　お父《とう》さん！　お姉《ねえ》ちゃん！

陸《りく》！

啓太《けいた》は地面《じめん》の上《うえ》のカゲとなって、泣《な》きながらさけびつづけた。

カエリミチ図《ず》鑑《かん》

※危険《きけん》のレベルはS（スペシャル危険《きけん》）にはじまり、A（危険《きけん》）、B（そこそこ危険《きけん》）、C（安全《あんぜん》）をしめします。
また、生息数《せいそくすう》の場合《ばあい》はS、A、B、Cの順《じゅん》に、数《かず》の多《おお》さをしめします。
なお、+、−はそれぞれのレベルの強《つよ》め、弱《よわ》めをあらわします。

File No. 04

名称《めいしょう》：カゲ

データ DATA

ぎせい者数：B−

生息数《せいそくすう》：S

総合危険度《そうごうきけんど》
B−
DANGER!!

カエリミチの地面《じめん》やかべにすみつき、本体《ほんたい》のまねっこをするだけの無生物《むせいぶつ》。基本的《きほんてき》に無《む》害《がい》だが、ごくまれに野心《やしん》をいだく個体《こたい》の存在《そんざい》が確認《かくにん》されている。長時間《ちょうじかん》強《つよ》い日《ひ》の光《ひかり》にさらさないほうがよい。

エピローグ　つぎの日《ひ》の朝《あさ》

「……おはよう。」

朝《あさ》の登校時間《とうこうじかん》。

くつばこにくつをしまっていた相良陸《さがらりく》は、うしろからよびかけられてふりむいた。

立《た》っていたのは、となりのクラスの女子《じょし》だった。

「……お、おはよう。」

陸《りく》はあわてて返事《へんじ》をかえした。このごろ、クラスメイトはだれも陸《りく》に話《はな》しかけてこないから、あいさつするのが新鮮《しんせん》だった。

毎朝《まいあさ》きまって、くつばこで顔《かお》をあわせる女《おんな》の子《こ》だった。

クラスがちがうし、話《はなし》をしたことはない。名前《なまえ》すら知《し》らない。

女《おんな》の子《こ》は、じっと、陸《りく》を見《み》つめている。

「わたし、渡瀬《わたせ》さくら。A組《エーぐみ》の、出席番号《しゅっせきばんごう》二十七番《ばん》。」

とつぜん名乗《なの》られ、陸《りく》はとまどった。

「お、おれはB組《ビーぐみ》の、相良陸《さがらりく》だけど……。出席番号《しゅっせきばんごう》は、えっと……。」

しどろもどろになってしまう。なんとか、きいた。

「なにか、用《よう》……？」

「ううん。あいさつと自己紹介《じこしょうかい》しただけ。いけなかった？」

「いや、そんなことはないけど。とつぜんだったから……。」

「わたしたち、毎朝《まいあさ》、顔《かお》をあわせてたでしょ？　なのに、あいさつもしてないし、名前《なまえ》も知《し》らなかった。人《ひと》との出会《であ》いは大事《だいじ》にしないとなって……電車《でんしゃ》に乗《の》ってて、思《おも》ったんだ。だから、ね。おはよう。」

「おはよう……。」

さくらは、ニコッと笑《え》みを浮《う》かべた。

うわばきにはきかえると、そのままろうかを行《い》ってしまった。

陸《りく》はぼんやりと、そのうしろすがたを見《み》おくった。

左胸《ひだりむね》に手《て》をやる。どきどきと打《う》つ音《おと》がしている。

「…………。」

と。

気配《けはい》を感《かん》じて、陸《りく》はふりむいた。

立《た》っていたのは、飯沼啓太《いいぬまけいた》だった。

陸《りく》と目《め》をあわせないように顔《かお》をふせ、そそくさとうわばきにはきかえる。逃《に》げるようにろうかを行《い》ってしまう。

その背《せ》を見《み》ていて……陸《りく》は、違和感《いわかん》を感《かん》じた。

なにか、おかしい。ちがう気《き》がする。

陸《りく》の知《し》ってる啓太《けいた》と似《に》てる。けど……ちがっている。

歩《ある》いていく啓太《けいた》。通《とお》りすぎるクラスメイトたち。

だれも気《き》づかない。気《き》づいたのは陸《りく》だけだ。

あれは啓太《けいた》じゃない、と。

――助《たす》けて、陸《りく》！

どこからか、声《こえ》が聞《き》こえた気《き》がした。

――帰《かえ》りたい！　家《いえ》に帰《かえ》りたいよ！　助《たす》けて！

ろうかにうつった啓太《けいた》のカゲが、苦《くる》しそうに手《て》をのばした気《き》がした。

陸《りく》は、無意識《むいしき》のうちに、ぎゅっとこぶしをにぎりしめた。

悪《わる》い夢《ゆめ》は、まだ終《お》わっていないみたいだった。

（つづく）

あとがき

こんにちは！　針《はり》とらです。
とつぜんですが、みなさんは、『横断歩道《おうだんほどう》の白線《はくせん》をふみはずしたら死《し》ぬ』ゲーム、やったことありますか？

ぼくは子《こ》どものころ、よくやっていました。白線《はくせん》のすき間《ま》にワニがすんでいて、白線《はくせん》をふみはずしたら食《く》われて死《し》んじゃうルール。だから数《すう》メートルの道路《どうろ》の横断《おうだん》も、ぼくにとってはいつも命《いのち》がけでした。

月日《つきひ》がたち、このまえ姪《めい》っ子《こ》と歩《ある》いていたら……やっぱり、白線《はくせん》をふみはずすとワニが出《で》る！　って言《い》うんですよね。
時代《じだい》や世代《せだい》がちがっても、横断歩道《おうだんほどう》のすき間《ま》には、やっぱりワニがすんでいるんだなぁ……。
そう思《おも》ったらうれしくて、書《か》きあげたのが本作《ほんさく》になります。

この物語《ものがたり》は、横断歩道《おうだんほどう》にワニがすんでいたり、ひろったぼろガサが伝《でん》説《せつ》の武器《ぶき》だったりした、ぼくの子《こ》ども時代《じだい》の帰《かえ》り道《みち》を思《おも》いだしながら書《か》いたお話《はなし》です。
みなさんの帰《かえ》り道《みち》は、どんな帰《かえ》り道《みち》でしょうか？　バケモノやワナはありませんか？　もしもカエリミチにまよいこんでいることに気《き》づいたら、ぜひ帰宅請負人《きたくうけおいにん》の少年《しょうねん》をよんでみてください。

物語《ものがたり》は次巻《じかん》へつづきます。それではまた。

針《はり》とら

著　**針とら**（はりとら）

千葉県出身。児童小説作家。『めざせ！　東大お笑い学部①天才ツッコミ少女、登場！？』（角川つばさ文庫）でデビュー。以降、「絶望鬼ごっこ」シリーズ（集英社みらい文庫）など、著作多数。

絵　**鈴羅木かりん**（すずらぎ　かりん）

愛知県出身。漫画家。代表作にコミック版「ひぐらしのなく頃に」シリーズ（スクウェア・エニックス）ほか多数。現在月刊少年エース（KADOKAWA）にて、『異世界チート魔術師』を連載中。

恐怖の帰り道　**あやしい赤信号**

2017年5月9日　第1刷発行

著／針とら
絵／鈴羅木かりん
表紙・本文デザイン／根本綾子
編集協力／上埜真紀子

発行人／川田夏子
編集人／小方桂子
企画編集／石尾圭一郎
DTP／株式会社アド・クレール
発行所／株式会社学研プラス
　　　〒141-8415　東京都品川区西五反田2-11-8
印刷所／大日本印刷株式会社

●この本に関する各種お問い合わせ先
【電話の場合】
編集内容については　Tel 03-6431-1615（編集部直通）
在庫、不良品（落丁、乱丁）については　Tel 03-6431-1197（販売部直通）
【文書の場合】
〒141-8418　東京都品川区西五反田2-11-8
学研お客様センター『恐怖の帰り道　あやしい赤信号』係
●この本以外の学研商品に関するお問い合わせは下記まで
Tel 03-6431-1002（学研お客様センター）